Kevin Brooks
Bad Castro

KEVIN BROOKS

BAD CASTRO

Roman

Aus dem Englischen von
Uwe-Michael Gutzschhahn

dtv

**Ausführliche Informationen über
unsere Autorinnen und Autoren und ihre Bücher
finden Sie unter www.dtv.de**

Von Kevin Brooks sind bei dtv junior außerdem lieferbar:
Martin Pig
Lucas
Candy
Kissing the Rain
The Road of the Dead
Being
Black Rabbit Summer
Killing God
iBoy
Live fast, play dirty, get naked
Bunker Diary
Travis Delaney – Was geschah um 16:08?
Travis Delaney – Wem kannst du trauen?
Travis Delaney – Um Leben und Tod
Johnny Delgado – Im freien Fall
Johnny Delgado – Der Mörder meines Vaters
I See You Baby (zusammen mit Catherine Forde)
Finn Black – Warten auf den Schuss
Born Scared
Deathland Dogs

MIX
Papier aus verantwor-
tungsvollen Quellen
FSC® C083411
www.fsc.org

Deutsche Erstausgabe
2. Auflage 2021
2021 dtv Verlagsgesellschaft mbH & Co. KG, München
© 2020 Kevin Brooks
© der deutschsprachigen Ausgabe:
2021 dtv Verlagsgesellschaft mbH & Co KG, München
Lektorat: Beate Schäfer
Umschlaggestaltung: ZERO Werbeagentur GmbH
Umschlagmotiv: plainpicture/Jean Marmeisse
Gesetzt aus der Optima
Satz: Fotosatz Amann, Memmingen
Druck und Bindung: CPI books GmbH, Leck
Printed in Germany · ISBN 978-3-423-74074-6

»Das sind doch bloß kleine Bengel, sprechende Tote, lebende Tote, Tote, die sich bewegen ... Ruck, zuck packen sie zu und töten dich, aber das Leben ist sowieso schon vertan ...«

Roberto Saviano, Gomorrha

»Ich, Judy Ray, erkläre feierlich und aus fester Überzeugung, dass ich der Queen gemäß den Regeln der britischen Polizeiordnung mit vollem Einsatz dienen werde, dass ich Fairness, Lauterkeit, Fleiß und Objektivität walten lassen, die Menschenrechte achten und im Sinne der Gleichheit aller Menschen handeln werde, und dass ich mit ganzem Einsatz für Frieden sorgen und jedes Vergehen gegen Menschen oder Eigentum unterbinden und nach bestem Wissen und Gewissen alle Pflichten gemäß dem Gesetz erfüllen werde.«

EINS

Wir waren zu viert im Wagen, als es passierte. Mark Gillard fuhr, Jason Dunn saß auf dem Beifahrersitz und ich mit Castro hinten. Es war gegen 9 Uhr abends, so gut wie kein Tageslicht mehr, und wir fuhren am Südrand der Clapham Common vorbei Richtung Osten, zurück zum Polizeirevier in Stock Hill. Es war nicht mehr weit – höchstens ein paar Kilometer –, doch die Chancen, heil dort anzukommen, standen schlecht. Die Ausschreitungen, die erst ein paar Stunden zuvor in Stoke Newington anfingen, hatten sich so schnell ausgebreitet, dass es inzwischen überall in der Stadt brannte. Dichter schwarzer Rauch hing in der Luft, Sirenen heulten in der Ferne, und die Straßen im Süden von London, durch die wir fuhren, wirkten wie ein Kriegsgebiet. An manchen Stellen waren die Zerstörungen so schlimm, dass es beinah unmöglich schien, sich einen Weg hindurchzubahnen. Autos brannten – manche schon nur noch schwelende schwarze Gerippe, andere standen noch lodernd in Flammen. Geschäfte waren verwüstet – Eisenrollos herausgerissen, Schaufenster zertrümmert und Türen eingetreten. Und überall lagen Trümmer – zerbrochenes Glas, Ziegel, Pflastersteine.

Wir waren bisher noch nicht in ernsthafte Schwierigkeiten geraten – kein aufgepeitschter Mob, keine willkürlichen Übergriffe –, doch das hier war Gang-Territorium und wir waren die Polizei. Und in so einer Nacht, mitten in der aufgeheizten Atmosphäre der Randale, hätten wir uns keinen übleren Ort aussuchen können. Wir waren der Feind. Wenn einer von uns in dieser Nacht in die falschen Hände geriet, dann war's das. Das einzig Positive war, dass wir in Zivil in einem zivilen Fahrzeug saßen – einem unscheinbaren grauen Volvo –, insofern konnte man uns nicht sofort als Polizei identifizieren. Doch das hieß nicht, dass niemand wusste, wer wir waren. Die lokalen Gangs waren genauso gut über uns informiert wie wir über sie. Sie kannten unsere Namen, unsere Gesichter, die Autos, die wir fuhren. Und inzwischen wussten sie sicher auch, dass man Castro wegen Mordverdacht festgenommen hatte und er zum Verhör nach Stock Hill gebracht werden sollte. Unter normalen Umständen wäre das kein Problem gewesen. Egal, wie gern uns die Gangs daran gehindert hätten, jemanden zu verhaften, sie ließen es am Ende doch lieber bleiben. Selbst wenn sie es schaffen sollten, wussten sie ganz genau, wie entschlossen wir reagieren würden, deshalb zahlte sich das Ganze für sie nicht aus. Aber das hier waren keine normalen Umstände. Die Ausschreitungen veränderten die Situation. Regeln galten nicht mehr. Und wir sperrten schließlich nicht irgendwen hinter Gitter. Das hier war der Junge, der bei allen nur Bad Castro hieß.

Ich hatte ihn vorher noch nie gesehen – soweit ich wusste, hatte das keiner von uns. Am meisten wunderte mich, wie jung Castro war. Nach den Gerüchten, die uns zu Ohren gekommen waren, dachten wir, er müsste circa fünfzehn, sechzehn sein, doch als ich ihn sah, konnte ich das nicht mehr glauben. Und jetzt, wo er direkt neben mir saß – und stumm aus dem Seitenfenster schaute, die gefesselten Hände im Schoß –, war mir klar, dass er nicht älter als dreizehn, vierzehn sein konnte. Wobei das keinen Unterschied machte. Egal, wie alt er sein mochte, er war Bad Castro. Seine Jungs würden ihn suchen. Seine Feinde auch. Falls wir ihnen dabei im Weg waren, würden sie uns im Handumdrehen erledigen.

Die Situation war nicht gut. Und wenn Gillard und Dunn auf mich gehört hätten, wären wir niemals dort reingeraten.

Ich hatte ihnen gesagt, dass es gefährlich sei, das Polizeirevier zu verlassen. Der Protest in Stoke Newington mochte ja halbwegs friedlich begonnen haben, aber er brauchte nicht viel, um sich hochzuschaukeln und außer Kontrolle zu geraten. Die Bedingungen waren perfekt für einen Aufstand: Es war ein heißer Samstagabend, die Sommerhitze lag immer noch schwer über der Stadt … die Emotionen kochten hoch. Wenn es irgendwann in den Straßen losgehen würde, dann jetzt. Genau das hatte ich zu Gillard und Dunn gesagt. Es gab keinen Anlass, ausgerechnet jetzt loszupreschen und Castro festzunehmen. War es nicht besser, wenn wir uns Zeit nahmen und erst einmal abwarteten, was in Stoke Newington abging? Doch sie wollten nicht auf mich hören. Warum auch? Sie waren erfahrene Detective Sergeants, beide seit mindestens zwanzig Jahren im Dienst. Ich dagegen war gerade mal neunzehn und hatte meine Ausbildung erst letztes Jahr abgeschlossen. Für sie war ich doch bloß »die neue Kleine«. Selbst wenn ich sie durch ein Megafon angebrüllt hätte, hätten sie nicht auf mich gehört.

»Mach, was du willst«, hatte DS Gillard zu mir gesagt. »Wenn du die ganze Nacht lang hier rumsitzen und warten willst, was passiert, okay. Aber bild dir nicht ein, dass wir das auch tun.«

. . .

Es gab an diesem Abend jede Menge Trug und Schein unter der Oberfläche, und das lag nicht allein an Gillard und Dunn. Wir hatten alle unsere verdeckten Motive, und es war uns auch allen klar, dass wir etwas voreinander verbargen, aber nicht, was und warum. Wir wussten nicht genug über die gegenseitigen Geheimnisse, um zu begreifen, was sie auslösen würden. Deshalb konnten wir drei fürs Erste nur weitermachen mit der Heuchelei und hoffen, dass wir das Ganze durchschauten, bevor es zu spät war.

. . .

Wir beschleunigten wieder. Das schlimmste Teilstück der Straße lag hinter uns – ein scheinbar endloser Hindernisparcours aus brennenden Autos und Schuttbergen – und die Erleichterung, durchgekommen zu sein, war deutlich zu spüren. Es war, als hätten wir alle die Luft angehalten – uns bewusst, wie angreifbar wir gewesen waren, als wir uns durch das Labyrinth aus Wracks schlängelten – und könnten jetzt endlich wieder durchatmen. Selbst Castro wirkte auf stille Art erleichtert. Das Letzte, woran ich mich erinnere, bevor es passierte, war ehrlich gesagt, dass ich den Blick zu ihm wandte und er mit einem kleinen stummen Lächeln im Gesicht zurückschaute. Ich nahm es als ein Zeichen der Anerkennung, eine gegenseitige Bestätigung, dass wir ohne Schwierigkeiten eine heikle Stelle passiert hatten und wieder auf Kurs waren. Und einen kurzen Moment lang war es für mich okay, diese Erleichterung mit Castro zu teilen.

Dann zerbarst alles in einem ohrenbetäubenden blechernen Lärm.

ZWEI

Ich wusste nicht, was geschah. Ich erinnere mich nur noch, wie ich quer über den Rücksitz geschleudert wurde und mit dem Kopf gegen etwas prallte, danach wirbelte, kugelte und stürzte alles wild durcheinander und warf mich unter dem knirschenden Taumeln von Blech durch die Gegend, ohne dass ich irgendetwas dagegen tun konnte. Als es endlich aufhörte und alles still wurde, lag ich zusammengesackt im Fußraum hinter dem Fahrersitz.

Ich hatte keine Schmerzen von dem Schlag gegen meinen Kopf, aber ich fühlte mich auch nicht gut. Und als ich so völlig verkrümmt und verdreht dalag, mit dem Gesicht am Boden, spürte ich, wie mir ein dichter roter Nebel in den Kopf stieg, und wusste, wenn ich nicht schnell etwas dagegen tat, würde ich das Bewusstsein verlieren. Ich wollte mich aufrichten, umdrehen und mich mit dem Ellenbogen vom Boden abdrücken, doch ich hatte kaum angefangen, mich zu rühren, als mich eine Hand an der Schulter wieder nach unten drückte.

»Bleib da«, sagte eine Stimme. »Halt still.«

Ich begriff, es war Castro. Ich hatte ihn völlig vergessen gehabt. Auch Gillard und Dunn hatte ich vergessen.

»Was ist los?«, fragte ich. »Wieso bist du –?«

»*Duck* dich!«

Ein plötzlicher lauter Knall zerschnitt die Luft, das unverkennbare Geräusch eines Schusses, und als Nächstes warf sich Castro neben mich und drückte mich nach unten. Im nächsten Moment folgte ein weiterer Schuss und diesmal glaubte ich ganz in der Nähe einen dumpfen Einschlag zu hören.

Dann wieder Stille …

»Nicht rühren«, flüsterte Castro.

Der Nebel in meinem Kopf wirbelte so wild, dass mir ganz übel und schwindelig wurde.

»Scheiße«, murmelte Castro.

Ich hörte Schritte … zuerst nur leise, dann kamen sie näher, wurden lauter, deutlicher … vorsichtig, langsam … kurze Pause … eine gedämpfte Stimme …

In dem Moment wusste ich, das war's. Das war das Ende. Es war die einzige Gewissheit in meinem vernebelten Kopf, so klar und deutlich, als wenn es bereits passiert wäre. Ich konnte ihn hören, ihn spüren – den Schuss, diesen dumpfen Knall …

Doch dann hörte ich etwas anderes – ein lautes Rennen und Rufen –, und ich wusste, das passierte nicht bloß in meinem Kopf. Das war real. Hier und jetzt. Der Lärm von mindestens einem Dutzend Leuten, die wegrannten und brüllten – *DA! DA HINTEN! HIER LANG! BEEILT EUCH!* –, das Geräusch, wie sie an uns vorbeiliefen, an dem Wagen, und wie sich ihre Schritte schnell die Straße hinunter entfernten …

Dann spürte ich, wie sich Castro bewegte, sich langsam hochreckte, um hinauszusehen, was los war. Etwa fünf Sekunden später rührte er sich erneut. Diesmal beugte er sich zwischen den beiden Vordersitzen hindurch. Noch einmal ungefähr fünf Sekunden verharrte er dort, dann setzte er sich wieder zurück.

»Kannst du aufstehen?«, fragte er mich.

Ich versuchte, Ja zu sagen, doch es kam als ein *Juuh* heraus.

Ich hörte ein Klicken, ein leises metallisches Schnappen und im nächsten Moment zogen mich Castros Hände vom Boden und halfen mir wieder auf den Sitz. In meinem Schädel drehte sich alles – mein Kopf war vernebelt und schwer, er pochte wie wild, ich konnte nicht richtig gucken. Was ich sah, war völlig verruckelt und verschwommen. Außerdem war alles dunkel – eine tiefgraue Düsternis hing in der Luft – und ich konnte nur so eben die Gestalten von Gillard und Dunn auf den Vordersitzen erkennen. Sie wirkten vollkommen reglos. In dem flackernden Halblicht war es schwer zu erkennen, doch es schien, als ob sie bloß dasäßen, ganz still und völlig gefasst.

Dann gab es links von mir einen harten Schlag. Ich drehte mich um und sah, wie Castro versuchte, mit der Schulter die Seitentür aufzustemmen. Die Tür war verbogen und klemmte, doch als er noch einmal mit der Schulter dagegenstieß, knirschte es metallisch und die Tür ruckte ächzend auf. Er schaute sich um, überprüfte die Straße und stieg dann aus.

Ich glaube, ich fühlte überhaupt nichts.

Er war weg, das war alles. Wir hatten unseren Verdächtigen verloren. Das war nicht gut, aber auch kein Weltuntergang. Wir hatten ihn ein Mal gefunden, dann würden wir ihn auch ein zweites Mal finden.

»Gib mir deine Hand.«

Das war Castro. Er stand an der Tür, beugte sich in den Wagen und streckte mir die Hand hin.

Ich starrte sie an.

»Wir müssen weg«, sagte er. »Wenn wir hierbleiben, bringen sie uns um.«

. . .

Ich weiß nicht, wie weit wir kamen, ehe ich endgültig ohnmächtig wurde, doch wir mussten schon in der Nähe der Bäume gewesen sein. Als ich aus dem Auto stieg, war ich jedenfalls eindeutig noch bei Bewusstsein gewesen. Ich erinnere mich, wie meine Beine nachgaben und Castro mich auffing … und ich weiß auch noch vage, wie ich über das Straßenpflaster taumelte … dann wich der harte Belag einer Wiese … und alles wurde dunkler und stiller … die warme Nachtluft hüllte mich ein, machte mich schläfrig, schloss mir die Augen und zog mich nieder …

Dann nichts mehr.

DREI

Das Erste, was ich sah, als ich die Augen aufschlug, war Castro, wie er mich anstarrte. Während ich auf der Erde saß – die Beine ausgestreckt, mit dem Rücken an einem Baum –, hockte er direkt vor mir und blickte mir mit der stillen Eindringlichkeit eines neugierigen Kindes in die Augen. Die Unterarme hatte er leicht auf die Knie gestützt und ich sah, dass die Handschellen fehlten.

»Wieder okay?«, fragte er.

Ich nickte, was ich sofort bereute, weil mir ein sengender Schmerz durch den Kopf fuhr. Es war, als ob man mir einen Schraubstock um den Schädel gelegt und die Backen fast bis zum Anschlag gespannt hätte. Solange ich mich nicht bewegte, war der Schmerz weniger schlimm, ich spürte dann nur ein Pochen in der linken Kopfhälfte. Also saß ich fürs Erste einfach bloß da und hielt mich so still wie nur möglich.

Trotz des Schmerzes schien mein Verstand jetzt wieder klarer. Im grauen Licht der Dämmerung konnte ich nichts Genaues erkennen, doch offenbar befanden wir uns in einer kleinen Baumgruppe irgendwo in den Grünanlagen der Clapham Common. Ich wusste nicht exakt, wo wir waren, und ich hatte Mühe, mich zu erinnern, wie wir es hergeschafft hatten, aber an den Rest erinnerte ich mich, zumindest an das meiste – die Verhaftung, die Ausschreitungen, die Fahrt zurück durch verwüstete Straßen. Ich sah vor mir, wie Castro neben mir hinten im Wagen saß, und ich sah, wie er mich still anlächelte … doch für ein, zwei Sekunden war es das. Mein Kopf war leer. Ich hatte absolut keine Erinnerung an das, was als Nächstes passiert war. Aber noch bevor ich die Leere richtig registrierte, explodierte alles in einem plötzlichen blechernen Knall und auf einmal war das Ganze wieder da – wie ich durch das Auto flog, mein Kopf gegen irgendwas schlug, wie alles außer Kontrolle geriet, durch die Luft wirbelte, das taumelnde Krachen und Knirschen von Blech, danach die Ruhe, die Stille, mein Kopf auf dem Boden …

Roter Nebel …

Stille.

Schritte.

Schüsse.

Gillard und Dunn.

Ich starrte Castro an. Seine Augen fixierten ein paar Sekunden lang meine – ruhig und konzentriert, ohne jede Emotion – und dann verschob sich sein Fokus und er sah nicht mehr mich an, sondern an mir vorbei in das Dunkel. Ich spürte keinen Schmerz, als ich den Kopf drehte und seinem Blick folgte, und ich hatte auch gar keine Zeit, drüber nachzudenken. Was Castro sah, war so offensichtlich, dass ich es sofort erkannte. Es *nicht* zu sehen, war völlig unmöglich. Die zwei brennenden

Autos waren keine fünfzig Meter entfernt, die lodernden Flammen erhellten das Halbdunkel mit einem sengend orangen Schein. Einer der Wagen stand in der Mitte der Fahrbahn, mit der Schnauze zu uns. Der andere, der uns am nächsten war, stand schräg auf dem Bordstein, zwischen Straße und Grünanlage. Er brannte so stark, dass er praktisch nicht mehr zu erkennen war, doch ich wusste, es war unser Auto … der zivile Volvo … der Wagen, aus dem ich eben erst getaumelt war und in dem ich Gillard und Dunn zurückgelassen hatte …

»Sind sie da drin?«, fragte ich Castro, unfähig, den Blick von dem brennenden Fahrzeug zu lösen.

»Ja.«

Und da begriff ich. Die Schüsse …

Die Stille.

Die Schritte.

Die Schüsse.

Die verschwommenen Gestalten von Gillard und Dunn auf den Vordersitzen … die nichts machten … nur dasaßen … ganz still und ruhig …

Sie waren schon tot, als wir den Wagen verließen.

. . .

Als ich mein Handy herauszog, um das Revier anzurufen, kam die Anzeige Kein Netz. Ich hielt das Handy hoch und schwenkte es ein bisschen umher, und als das nicht half – außer den Schmerz im Kopf auszulösen –, probierte ich es mit Aus- und Wiedereinschalten. Doch es kam immer die gleiche Info: Kein Netz.

Ich dachte, egal. Den Tod von Gillard und Dunn zu

melden, war nicht wirklich dringend. Im Moment konnte man wegen der beiden sowieso nichts tun. Während der Ausschreitungen ließ sich der Tatort nicht untersuchen. Und was mich betraf … na ja, ich hätte sicher nichts lieber getan, als das Revier in Stock Hill zu informieren, was passiert war, ihnen zu sagen, wo ich mich befand, und zu hören, ich solle mich nicht rühren und abwarten, Unterstützung sei auf dem Weg, ein Einsatzwagen käme in wenigen Minuten …

Aber was machte das schon, wenn es nicht gleich passierte? Kein Grund zur Sorge. Es gab ein Handy-Problem, das war alles.

Kein Netz.

Ich musste es eben später noch mal probieren.

■ ■ ■

Der Wagen, der uns gerammt hatte, war ein Range Rover, erklärte mir Castro. Und es war eindeutig kein Unfall gewesen.

»Sie sind aus einer Seitenstraße gekommen und voll in uns rein«, sagte er.

»Und du bist sicher, es waren nur zwei in dem Wagen?«

»Sonst hab ich keinen gesehen.«

»Konntest du sie erkennen?«

Er schüttelte den Kopf. »Sie hatten Kapuzen auf und ein Tuch vor dem Mund.«

Ich schwieg einen Moment, betrachtete seine Augen und versuchte herauszufinden, ob er die Wahrheit sagte. Nach allem, was ich noch wusste, hatte er in den Sekunden vor dem Zusammenstoß nicht aus dem Seitenfenster geschaut. Er hatte mich angesehen, da war ich mir sicher. Ich sah es genau vor mir, wie er neben mir saß und mich mit einem stillen Lächeln im Gesicht anschaute. Er konnte nicht mehr von dem Range Rover mitbekommen haben als ich. Und ich hatte gar nichts gesehen. Das heißt, entweder log er oder meine Erinnerung war falsch.

»Und was war, als die beiden ausstiegen?«, fragte ich. »Hast du sie da besser sehen können?«

»Na ja, glaub schon. Aber –«

»Erzähl mir, was du gesehen hast.«

»Um ehrlich zu sein, wirklich viel hab ich nicht mitbekommen. Ging alles ein bisschen –«

»Was hatten sie an?«

Er zuckte mit den Schultern. »Kapuze, Jogginghose und -jacke, Turnschuhe ... das Übliche eben.«

»Groß, klein?«

»Einer der beiden war etwa eins achtzig, der andere ein bisschen kleiner.«

»Wer von ihnen hatte die Waffe?«

»Der Größere.«

»Was für eine?«

»Pistole. Halbautomatik.«

»Haben sie irgendwas gesagt?«

Er schüttelte wieder den Kopf. »Die wussten genau, was sie tun. Sie sind auf uns zugekommen, ein paar Meter vor dem Wagen stehen geblieben, dann hat der Größere die Pistole hochgenommen und Gillard und Dunn durch die Windschutzscheibe erschossen.«

»Bist du sicher, dass beide erschossen wurden?«, fragte ich.

Er nickte. »Gillard hat er in den Kopf geschossen. Dunn traf die Kugel in die Brust, schien mir ein Herzschuss.«

In diesem Moment wurde mir plötzlich die Nüchternheit von Castros Stimme bewusst und ich begriff, dass ich ihn nicht mehr als Kind sah. Das überraschte mich nicht besonders. In unseren täglichen Auseinandersetzungen mit Jungen wie Castro konnten wir es uns nicht leisten, sie als Kinder zu sehen. Doch das rechtfertigte nichts. Was immer Castro sein mochte – ein Gangster, ein Krimineller, ein eiskalter Killer –, er blieb trotzdem noch immer ein Junge. Er sollte nicht im Detail beschreiben müssen, wie zwei Polizisten ermordet wurden. Das war einfach nicht richtig.

Aber nichts von dem allen war richtig. Gillard und Dunn, Castro, der Zusammenstoß, die Ausschreitungen … alles hatte sich von Anfang an falsch angefühlt.

»Was ist danach passiert, als Gillard und Dunn tot waren?«, fragte ich.

»Die zwei Typen sind um den Wagen rumgelaufen, jeder auf einer Seite.«

»Glaubst du, sie wussten, dass wir da drin waren?«

Er nickte. »Sie müssen uns gesehen haben, als sie uns rammten.«

Das hatte ich nicht gemeint und vermutlich war ihm das klar. Es ging mir darum, ob sie schon vor dem Zusammenstoß gewusst hatten, dass wir im Auto saßen. Oder präziser gesagt, ob sie wussten, dass *er* drinsitzen

würde. War das der Grund gewesen, wieso sie uns gerammt und dann Gillard und Dunn erschossen hatten?
Denn auf jeden Fall waren sie hinter Castro her, entweder um ihn zu befreien oder um ihn zu schnappen …
vielleicht hatten sie auch ganz einfach vorgehabt, ihn zu
töten. Doch wenn das der Fall war, wieso lebten wir
beide dann noch?

Ich schloss die Augen und dachte darüber nach,
schickte mich zurück zu dem Moment der Stille, als für
mich nur noch eines klar war: dass ich gleich erschossen
würde … doch dann hatte ich den plötzlichen Lärm von
Leuten gehört, die wegrannten und brüllten – *DA! DA
HINTEN! HIER LANG! BEEILT EUCH!* –, das Geräusch,
wie sie an uns vorbeiliefen, an dem Wagen, und wie
sich ihre Schritte schnell entfernten …

»Hast du sie gesehen?«, fragte ich und öffnete wieder
die Augen.

»Ja, hab ich doch gerade gesagt –«

»Nein, ich meine die andern, die die beiden von dem
Range Rover wegtrieben. Ob du die gesehen hast.«

Castro nickte. »Waren so ungefähr fünfzehn, vielleicht auch mehr.«

»Gang-Kids?«

»Ja.«

»Von welcher Gang?«

»Weiß nicht.«

»Was soll das heißen? Das musst du doch wissen.«

Er schüttelte den Kopf. »Hab von denen noch nie
einen gesehen.«

»Und das soll ich dir glauben?«

Ich wusste, dass er log. Die Gang stammte mit Sicherheit hier aus der Gegend und wir waren nicht weit von Castros Stammgebiet entfernt, also mussten sie entweder Rivalen oder Verbündete sein. Es war unmöglich, dass er nicht wenigstens ein paar von ihnen kannte.

Ich schaute wieder zu den beiden brennenden Wagen hinüber. Das Feuer loderte weiter – züngelnde Massen oranger Flammen und schwarzer Qualm, der aus der Hitze aufstieg –, und während ich auf den Volvo blickte, ertappte ich mich bei der Frage, ob Gillard und Dunn wirklich dort drin waren. Ich hatte nur Castros Aussage und es gab keinen Grund, ihm zu glauben. Er war ein Krimineller. Zu lügen war bestimmt seine zweite Natur. Gut möglich, dass alles, was er mir erzählt hatte, nichts als ein Haufen Lügen war. Aber selbst wenn, war es trotzdem keine vergeudete Zeit, mit ihm zu reden. Man kann viel daran ablesen, wie jemand lügt. Man kann viel daraus erkennen, was jemand *nicht* sagt oder tut. Wieso hatte sich Castro nicht aus dem Staub gemacht und mich im Wagen zurückgelassen? Es hatte ihn nichts dran gehindert. Und er konnte es ja wohl schlecht aus reiner Herzensgüte getan haben. Nicht umsonst hieß er Bad Castro. Wenn die Geschichten stimmten, die ich über ihn gehört hatte, war schwer zu glauben, dass er überhaupt so etwas wie ein Herz besaß. Wieso hatte er mir also geholfen? Wieso war er immer noch da? Wieso sprach er mit mir? Was hatte er davon?

Irgendetwas musste es geben.

Ich schaute in die Nacht. Es war jetzt vollkommen

dunkel, so gegen zehn. Der schwarze Himmel wurde von Flammen, zuckenden Blaulichtern und umherschwenkenden Scheinwerfern der Polizeihubschrauber erhellt, und trotz des Lärms – oder vielleicht gerade deshalb – lag eine merkwürdige Stille in der Luft, die dem Ganzen eine gewisse Klarheit verlieh.

Als ich wieder zu dem brennenden Volvo hinüberschaute, kam ein Auto dröhnend aus einer Seitenstraße gerast. Musik wummerte aus den offenen Fenstern, und als der Wagen mit kreischenden Reifen und schleudernd bremste, um dem brennenden Range Rover auszuweichen, sah ich für einen kurzen Moment eine Kapuzengestalt auf dem Rücksitz, die mit etwas herumschwenkte, was aussah wie ein Maschinengewehr. Ich beobachtete, wie der Wagen in die Nacht davonjagte, und als sich die stampfenden Bassbeats in der Ferne verloren, drehte ich mich zu Castro um.

»Wer hat die Autos angezündet?«, fragte ich ihn. »Als wir raus sind, haben die doch noch nicht gebrannt, oder?«

»Das waren zwei Jungs auf einem Moped«, erzählte er. »Die tauchten auf, als wir gerade raus waren. Der Junge hinten hat in jeden Wagen einen Molotow-Cocktail geworfen.«

»Irgendeine Idee, wer sie waren?«

Er schüttelte den Kopf. »Hatten beide einen Integralhelm auf.«

»Natürlich«, antwortete ich und warf ihm einen vielsagenden Blick zu.

Das kümmerte ihn nicht. Offenbar war ihm vollkommen gleichgültig, ob ich ihm glaubte oder nicht. Etwas anderes hatte ich auch nicht erwartet. Dieser Haltung begegnete ich in meinem Beruf ständig – Na und? Was soll's? Tja, was weiß ich? –, aber bei Castro wirkte es irgendwie anders. So als wenn es bei ihm nicht bloß eine Haltung wäre, er schien das wirklich so zu sehen. Es war auch keine Arroganz. Keine Überheblichkeit oder Geringschätzung, nichts Böswilliges. Es war ihm nur einfach egal, was andere über ihn dachten.

Ich sann einen Moment darüber nach, überlegte, dass es vielleicht gar nicht schlecht war, so zu leben, dann schob ich den Gedanken beiseite und checkte noch einmal mein Handy.

Kein Netz.

Ich probierte wieder das Übliche – schwenkte es in der Luft, schaltete es ab und wieder an – und versuchte auch, den Notruf zu erreichen, doch es half alles nichts. Ich überlegte, ob es an meinem Handy lag. Vielleicht war es bei dem Unfall kaputtgegangen. Doch es gab nur eine Möglichkeit, das herauszufinden – ich musste es mit einem anderen Gerät versuchen. Aber Castro hatte kein Handy. Zumindest hatte er das behauptet, als wir ihn festnahmen. Er meinte, er würde nie Handys benutzen. Und Gillard hatte ihn durchsucht und tatsächlich keins gefunden. Was natürlich nicht ausschloss, dass er trotzdem eins hatte. Gillard hatte ihn gründlich überprüft – ihn von oben bis unten abgetastet, alle Taschen durchsucht –, aber Jungs wie Castro kennen natürlich sämtliche Tricks, und wenn er eins bei sich trug, hätte es mehr gebraucht, als ihn bloß überall abzutasten. Und als ich ihn jetzt ansah, ihn beobachtete, wie er *mich* beobachtete, sagte ich mir: Vergiss es. Wahrscheinlich war mein Handy sowieso nicht kaputt. Es war bestimmt nur ein Problem mit dem Empfang ... ein zu schwaches Signal oder so. Vielleicht befanden wir uns auch in einem Funkloch. Womöglich würde ich, wenn ich aufstand und etwas rumlief, ein Signal kriegen. Und mit diesem Gedanken im Kopf atmete ich einmal tief durch, um mich dann aufzurichten und irgendwie auf die Beine zu kommen. Anfangs dachte ich, ich würde es nicht schaffen – mein Kopf fing an zu schwimmen und eine Welle der Übelkeit stieg in mir hoch –, doch nachdem ich ein bisschen gewartet, mich nicht bewegt und ruhig durchgeatmet hatte, fühlte ich mich langsam ein wenig besser. Mir war zwar immer noch schwindelig, meine Beine zitterten, aber die Übelkeit war jetzt weg, und als ich erst einmal aufrecht stand, verging auch das Schwindelgefühl.

Ich schaute mich um, überlegte, in welcher Richtung ich wohl am ehesten ein Signal finden würde, doch auch wenn ich mich inzwischen an die Dunkelheit gewöhnt hatte, sah ich noch immer nicht allzu viel. Und das Letzte, was ich jetzt brauchen konnte, war hinzufallen und mir noch einmal den Kopf anzuschlagen. Ich sah auf mein Handy – immer noch kein Signal – und wollte schon nach der App suchen und die Taschenlampenfunktion einschalten, als plötzlich Castros Stimme durch die Dunkelheit brach.

»Was machst du da?«

Es war keine richtige Aufforderung, aber auch keine

zwanglose Frage. Der Satz fiel auf eine Weise, die Antwort verlangte. Und ich wusste, dass es so eigentlich nicht sein sollte. *Ich* sollte die Fragen stellen, nicht er. Doch aus irgendeinem Grund kümmerte mich das nicht so richtig.

»Ich krieg kein Signal«, erklärte ich ihm. »Ich lauf nur ein bisschen rum –«

»Du kapierst es einfach nicht, oder?«

»Ich kapier was nicht?«

»Heute Nacht sterben Menschen.«

»Du meinst, das weiß ich nicht?«

»Ich meine, dass du gerade loslaufen und mit einer Taschenlampe in der Gegend rumleuchten wolltest.«

»Ja, gut, aber doch nur –?«

»Willst du, dass jeder weiß, wo wir sind?«

»Natürlich nicht.«

»Kannst du dir vorstellen, was passiert, wenn uns die falschen Leute finden?«

Ich war mir nicht sicher, ob er mit »die falschen Leute« irgendwelche bestimmten meinte, doch ich verstand, was er mir sagen wollte. Es gibt überall falsche Leute – Leute, die keinen erkennbaren Grund brauchen, um das zu tun, was sie tun. Sie tun es, weil sie Lust darauf haben. Das ist ihr Grund. Sie tun es, weil es ihnen ein tolles Gefühl gibt. Das einzige Go, das sie brauchen, ist die Gelegenheit, es zu tun, ohne allzu sehr fürchten zu müssen, dass sie erwischt werden. Und Castro hatte natürlich recht. In der Dunkelheit der Clapham Common rumzulaufen und eine Taschenlampe zu schwenken, war eine absurd dämliche Idee. Ich verstand überhaupt nicht, wieso ich mir das alles nicht überlegt hatte. Was hatte ich mir dabei gedacht? Es war jenseits von dämlich. Es war einfach nur peinlich.

Castro kam jetzt zu mir herüber. Er machte kein Geräusch beim Gehen, seine Füße schienen über den Boden zu schweben. Er hatte nichts Feindseliges an sich, als er auf mich zutrat, keinen Ansatz von Hohn oder Drohung, und ich musste mir erst wieder bewusst machen, dass er unter Mordverdacht stand. Das war schwer zu glauben, wenn man ihn vor sich sah. Er war sicher nicht größer als eins fünfzig und so schmal und dürr, dass er, wenn es hochkam, vielleicht dreißig Kilo wog.

Er war jetzt stehen geblieben und sah mir in die Augen. »Zeig mir dein Handy«, sagte er und streckte die Hand aus.

Wortlos reichte ich es ihm. An der Art, wie er auf dem Display herumwischte, war klar, dass er genauso vertraut war mit Handys wie jeder andere, auch wenn er vielleicht keins mit sich rumtrug. Nach einer Weile hörte er auf zu wischen, stand einfach nur da und starrte nachdenklich auf das Display. Ich beobachtete ihn, fragte mich, was er tat und wieso ich neben ihm stand und zuließ, dass er es tat. Und wieso hatte ich ihm überhaupt das Handy gegeben, als er mich fragte?

Ich schaute auf meine Uhr. Es war 22.25 Uhr.

Dann wandte ich mich wieder Castro zu. Mein Handy lag immer noch in seiner Hand. Er starrte noch immer aufs Display.

»Wie hast du das gemacht?«, fragte ich.

»Was gemacht?«, murmelte er, ohne den Blick vom Handy zu nehmen.

»Die Handschellen. Wie hast du sie abgekriegt?«

Er sah zu mir hoch. »Ist das wichtig?«

Ich zuckte mit den Schultern. »Hab mich nur gefragt, das ist alles.«

»Ich hab den Schlüssel aus deiner Tasche genommen, als du zusammengesackt hinter dem Sitz lagst.« Er warf einen Blick auf die linke Seite von meinem Kopf. »Tut's weh?«

»Nicht mehr so wie vorhin.«

»Ist dir immer noch schwindlig oder so?«

Ich schüttelte den Kopf.

»Du hättest deinen Sicherheitsgurt tragen sollen«, sagte er.

»Hab ich«, antworte ich und fixierte seinen Blick. »Ich hab immer den Sicherheitsgurt um.«

»Und was ist passiert?«

»Sag du's mir.«

Er sagte nichts, sondern stand nur da und sah mich an. Normalerweise bin ich ziemlich gut darin, Menschen zu durchschauen. Ich weiß, wonach ich suchen muss. Aber Castro trug keine Maske. Oder wenn doch, dann gab es dahinter nichts. Ich konnte ihn nicht durchschauen, weil es nichts zu durchschauen gab.

»Wir müssen los«, sagte er und reichte mir das Handy zurück.

»Wohin?«

»Ist nicht weit.«

Und ohne ein weiteres Wort drehte er sich um und

ging zwischen den Bäumen hindurch fort. Ich wartete einen Moment und überlegte sinnlos, wie es zu dem Ganzen gekommen war, dann machte ich meinen Kopf frei und folgte ihm.

VIER

Wir wussten sehr wenig über Castro. Sein Name war uns das erste Mal vor ein paar Jahren aufgefallen, aber damals war er noch eine Randfigur. Es gab nichts Bemerkenswertes über ihn, nichts, was ihn von all den anderen Kids unterschied, die in den Randzonen der Gang-Welt herumhingen. Er wohnte in der Cane-Town-Siedlung, einer riesigen Betonarena aus Hochhäusern und niedrigen Blocks, kaum einen Kilometer vom Revier in Stock Hill entfernt. Die Siedlung und die Umgebung drumherum wurden von einer Gang mit dem Namen CTK beherrscht. Sie waren schon seit Jahren dort aktiv und hatten ursprünglich Cane Town Kills geheißen, doch inzwischen nannten sie sich schon so lange CTK, dass die meisten Gangmitglieder gar nicht mehr wussten, dass der Name eine Abkürzung war, ganz zu schweigen davon, wofür sie stand. Wobei sie das nicht kümmerte. Sie waren die CTK, mehr war nicht wichtig.

Wie die meisten Gangs heutzutage war die CTK in Wirklichkeit eine Organisation für illegalen Drogenhandel. Die typischen Revierkämpfe zwischen den Gangs gab es zwar immer noch, doch inzwischen ging es um viel mehr als um das Territorium an sich. Der Einfluss-bereich einer Gang war ihr Absatzmarkt, und diesen Absatzmarkt verteidigte sie und versuchte ihn weiter auszudehnen – genauso wie jedes andere Unternehmen das auch tat. Der einzige Unterschied bestand darin, dass die Geschäfte der Gangs illegal waren. Aber genau das machte den Drogenhandel so profitabel. Und wie in jedem legalen Unternehmen ging der Löwenanteil aller Gewinne an die ganz oben – an die, die man nie sah, die nie ihre Hände schmutzig machten ... die eine Ewig-keit von der Cane-Town-Siedlung entfernt wohnten.

Das erste Mal, dass Castro bei unseren Ermittlungen nicht bloß als Name auftauchte, war bei der Unter-suchung einer tödlichen Messerattacke gegen einen 16-Jährigen in der U-Bahnstation in Brixton vor knapp einem Jahr gewesen. Das Opfer gehörte zu einer Gang mit dem Namen Z7, und in den sozialen Medien hatte es immer wieder geheißen, die CTK würden hinter dem Mord stecken und die Tat sei von einem »milchgesich-tigen Killer namens Castro« begangen worden. Wir hat-ten schon jemand anderen als Täter identifiziert – den Bruder eines Mädchens, das das Opfer vermeintlich beleidigt hatte – und die Beweise gegen ihn waren so eindeutig, dass die Chance, wir könnten den Falschen haben, praktisch gleich null war. Doch obwohl die Anschuldigungen gegen Castro höchstwahrscheinlich aus der Luft gegriffen waren – und vermutlich Heim-tücke dahintersteckte –, mussten wir der Sache natürlich nachgehen oder zumindest so tun, als wenn wir ihr nachgehen würden. Zum einen, um wirklich jeden Winkel auszuleuchten, aber auch, weil wir inzwischen einiges über Castro erfahren hatten, was – wenn es stimmte – bedeutete, dass er mehr als nur fähig war, jemanden zu erstechen. Den Gerüchten nach ging eine Reihe unaufgeklärter Fälle von »spurlosem Verschwinden« auf sein Konto. Vor ungefähr einem halben Jahr waren die Anführer zweier rivalisierender Gangs urplötzlich verschwunden, ohne jeden Hinweis, wo sie sich aufhalten könnten oder was mit ihnen geschehen war. Einen Monat später passierte das Gleiche mit einem der CTK-Oberen, einem Mann namens Skill, den man offensichtlich als Polizeiinformanten enttarnt hatte. Am einen Tag war er noch da, am nächsten nicht mehr … spurlos verschwunden. Es gab auch noch andere Geschichten über Castro. Angeblich hatte er einem Geldwäscher in die Kniescheibe geschossen, der Summen aus den CTK-Einnahmen abzweigte. Und wie es hieß, war Castro mit einem Hammer auf einen CTK-Dealer losgegangen, der erwischt worden war, wie er Drogen von einem anderen Lieferanten vertickte. Der Mann landete mit einer Schädelfraktur im Krankenhaus …

Offensichtlich waren das alles keine zufälligen Angriffe gewesen. Sie waren gezielt erfolgt, hatten mit Drogengeschäften zu tun und waren höchstwahrscheinlich das Werk eines Vollstreckers. Das heißt, als wir immer öfter hörten, Castro erhalte seine Befehle inzwischen von ganz oben und arbeite ausschließlich für den Cane-Town-Anführer, einen 26-jährigen Mann, der unter dem Namen Vidious bekannt war, schien das plausibel. Wir hatten auch gehört, dass Castro seit einiger Zeit eine eigene Gang innerhalb der CTK aufbaue, eine Gruppe loyaler Anhänger, alle so jung wie er. Und um die gleiche Zeit hörten wir zum ersten Mal, dass man ihn *Bad Castro* nannte.

Doch all diese Gerüchte und Geschichten waren eben nichts weiter als das – Gerüchte und Geschichten, die die Leute auf der Straße oder in der Siedlung gehört und so oft weitererzählt hatten, dass sich der Wahrheitsgehalt unmöglich überprüfen ließ. Und selbst wenn alles darauf hindeutete, dass Castro tatsächlich ein Verbrecher und Killer war – keiner von uns bezweifelte das ernsthaft –, hatten wir nicht genug in der Hand, um gegen ihn vorzugehen. Wir brauchten Fakten, keine Gerüchte. Wir brauchten Belege, Beweise, Zeugenaussagen, harte Tatsachen. Auch über ihn selbst mussten wir mehr wissen als bisher. Dabei gab es allerdings ein Problem: Wir hatten keine Ahnung, ob er wirklich Castro hieß oder ob das ein Deckname war. Und falls er wirklich so hieß, war es dann sein Vorname oder der Familienname? Ohne einen richtigen Namen, den vollen richtigen Namen, konnten wir keine Datenbanken durchforsten, um irgendwas über ihn rauszufinden – wo er wohnte, mit wem er zusammenlebte, wie alt er war, auf welche Schule er ging. Wenn wir Informationen zu Castro haben wollten, mussten wir raus in die Siedlung und recherchieren. Und das hieß mit Leuten reden, Fragen stellen … aber das war das nächste große Problem. Wir wussten genau, dass wir in der Cane Town keine Antworten kriegen würden. Wenn man in der Siedlung wohnte und einem sein Leben und das seiner Angehörigen etwas bedeutete, redete man *nie* mit der Polizei. Wir hatten natürlich andere Quellen, Leute, die selbst nicht dort lebten, aber – aus welchen Gründen auch immer – enge Verbindungen zu der Siedlung hatten, Leute, die sich – durch verschiedene Mittel – überreden ließen, uns entweder direkt zu helfen oder uns doch wenigstens in die richtige Richtung zu lenken. Aber mit Castro war das anders. Die meisten unserer regulären Quellen gaben zwar widerwillig zu, von ihm gehört zu haben, und viele bestätigten auch, dass sie die Geschichten über ihn kannten, doch weiter wollten sie nicht gehen. Und egal, wie sehr wir sie drängten, egal, was wir ihnen androhten oder versprachen, sie weigerten sich trotzdem zu reden. Sie hatten Angst. Man sah es in ihren Augen, man hörte es an ihren Stimmen, man roch es an ihrem Schweiß. Sie wollten nicht aus dem Weg geräumt, erschossen oder krankenhausreif geschlagen werden ...

Und das genau war auch schon alles, was wir damals über Castro herausfanden: Die Leute hatten so große Angst vor ihm, dass sie allein die Erwähnung seines Namens ins Schwitzen brachte.

Letztlich spielte jedoch die Tatsache, dass wir wirklich sehr wenig über Castro wussten, im Hinblick auf den Messerangriff gar keine Rolle. Die ohnehin nur in der Theorie existierende Möglichkeit, er könnte etwas mit diesem Mord zu tun gehabt haben, war endgültig vom Tisch, als der Freund des Mädchens gestand und sich schuldig erklärte.

Doch ich glaube, ich wusste immer, dass wir nicht zum letzten Mal von Castro gehört hatten. Während ich ihm in dieser Nacht zwischen den Bäumen hindurch folgte, erinnerte ich mich an die Angst in den Augen der Leute und fragte mich, wieso ich mich trotz der schlimmen Dinge, die er ziemlich sicher getan hatte, in seiner Gegenwart alles in allem ganz wohlfühlte. Es gab jeden Grund, vor ihm Angst zu haben, doch etwas in mir umging die Vernunft und vermittelte mir, dass ich mir keine Sorgen zu machen brauche. Ich wusste nicht, was dieses Etwas war. Und ich verstand es auch nicht. Ich hoffte nur inständig, dass das Etwas in mir wusste, was es tat.

FÜNF

Was ist das?«, fragte ich, als ich durch das Dunkel die vage Silhouette eines kleinen Gebäudes erspähte.

»Eine Imbissbude«, antwortete er.

»Eine Imbissbude?«

»Verkaufen belegte Brötchen und so. Du weißt schon, Tee, Kaffee, Mars-Riegel –«

»Ja, ich weiß, was eine Imbissbude ist. Aber wieso –«

»Zieh die Kapuze hoch.«

Die Bäume wurden immer weniger und bildeten jetzt nur noch eine löchrige Reihe. Wir standen an ihrem Ende und drückten uns gegen die Stämme, während Castro hinaus in das Dunkel blickte. Er scannte die Grünanlage auf irgendwelche Anzeichen von Leben und ich starrte auf das offene Gelände zwischen uns und der Imbissbude. In der Schwärze der Nacht war es schwierig, Entfernungen zu schätzen, aber wir waren eindeutig nicht weit von der Imbissbude entfernt – höchstens vierzig Meter, schätzte ich, vielleicht sogar eher dreißig.

Ich zog die Kapuze hoch und richtete meine Aufmerksamkeit auf die Grünanlage. Ich sah nur einen Schleier aus Schwarz, der bis weit in die Ferne reichte. Keine Lichter, keine Bewegung, kein Leben. Doch hinter der Grünanlage loderte die Nacht weiter, die Ausschreitungen schienen immer heftiger zu werden. Es brannten mehr Feuer in der Stadt, es flogen mehr Hubschrauber, es heulten mehr Sirenen, es gab mehr Blaulichter. Und es tat sich auch mehr in unserer näheren Umgebung – Kapuzengestalten, die kurz sichtbar wurden, Gruppen von Gang-Kids, die durch die Straßen zogen, Rufe und Schreie, die herüberschallten, das Geräusch rennender Schritte, ein Zusammenstoß, ein Schrei …

Polizei sah ich immer noch nicht.

Ich checkte wieder mein Handy.

Kein Netz.

»Bist du bereit?«, fragte Castro.

Ich sah ihn an. Er schaute zu der Imbissbude hinüber.

»Bleib dicht hinter mir«, sagte er. »Augen stur geradeaus, schau dich nicht um. Okay?«

Ich nickte.

Er checkte noch einmal das Gelände, dann machte er sich auf Richtung Imbissbude. Er lief zielstrebig – nicht zu schnell, nicht zu langsam –, ich folgte ihm dicht hinterher. Im Näherkommen konnte ich das Gebäude genauer betrachten: Es war ein alter Ziegelsteinbau mit einem Rollladen aus Metall, der den größten Teil der Vorderfront einnahm. Der Rollladen war heruntergelassen und mit zwei großen Vorhängeschlössern gesichert. Wir gingen daran vorbei bis zu einer Tür an der Seite, die ebenfalls mit einem Vorhängeschloss gesichert war.

»Sag Bescheid, wenn du jemanden kommen siehst«, meinte Castro, beugte sich nach unten und zog etwas aus einem seiner Turnschuhe.

Ich konnte nicht erkennen, worum es sich handelte, doch als er sich wieder aufrichtete und an dem Schloss zu schaffen machte, wusste ich, dass er irgendein Lockpicking-Werkzeug benutzte. Er brauchte nicht lange. Nach etwa zwanzig Sekunden war er fertig und drückte die Tür auf.

Ich folgte ihm hinein.

Es war pechschwarz im Innern. Ich schaltete das Handy ein und hielt das Display nach unten. Im gedämpften Licht des Hauptmenüs war zu erkennen, dass wir in einem schmalen Flur standen und dass die Tür, durch die wir gekommen waren, mit drei Bolzen versehen war. Castro verriegelte sie hinter uns, dann kundschafteten wir das Innere des Gebäudes aus.

Es gab nicht viel. Der Verkaufsraum war vorne, hinter dem Rollladen aus Metall – Süßigkeiten, Chips, Schokoriegel, Getränke … das Übliche, was man in einer Imbissbude eben so kriegt –, und der Flur führte in einen Raum am hinteren Ende, der zugleich als Büro und als Lager diente. Eine Seite war mit Vorräten vollgestopft – Stapeln von Kisten, Getränkedosen in Pappträgern –, auf der anderen Seite gab es einen Tisch mit Stühlen, einen angeschlagenen alten Büroschrank und eine Tür, die zu einer Toilette mit Waschbecken führte. Fenster gab es keine. An der Wand hing ein Tastentelefon. Ich ging hin, nahm den Hörer ab und hielt ihn ans Ohr. Nichts. Ich legte wieder auf, wartete einen Moment und versuchte es erneut. Noch immer nichts. Noch immer dieselbe Totenstille.

Von der anderen Seite des Raums hörte ich ein hohles Ploppen, und als ich mich umdrehte, sah ich, wie Castro die Plastikummantelung einer Lage Coladosen aufriss.

»Willst du eine?«, fragte er und zog eine Dose heraus. Ich schüttelte den Kopf.

»Du solltest was trinken«, erklärte er mir und öffnete sie. »Du musst –«

»Und du musst mir endlich sagen, was hier eigentlich läuft, verdammte Scheiße«, antwortete ich.

Er schaute mich an und trank ganz ruhig die Cola. »Wie kommst du darauf, dass ich mehr weiß als du?«

»Wie kommst *du* darauf, mich für dumm zu verkaufen?«

Er lächelte. »Du bist hier, richtig?«

■ ■ ■

Ich ging erst mal auf die Toilette und leuchtete mir mit dem Handy den Weg. Vor dem Spiegel untersuchte ich zunächst meine Kopfwunde. Sie blutete nicht und die Haut war auch nicht aufgeplatzt, es gab bloß eine blau unterlaufene hässliche Beule über dem linken Auge, etwa so groß wie ein Ei. Aber ich sah noch etwas anderes im Spiegel, etwas in meinem Gesicht, das mich erstarren ließ … so ein Gefühl, ein unbewusstes Erkennen von etwas … doch es war nur ganz kurz da und schon wieder verschwunden, bevor es mir richtig bewusst wurde. Als ich die Toilette wieder verließ, blieb dort, wo das unbekannte Gefühl gewesen war, nur eine leere

Stelle zurück. Ich versuchte, sie zu ignorieren, aber sie ließ sich genauso wenig leugnen wie eine Lücke nach dem Zahnziehen. Am besten akzeptierte ich die Leere einfach und hoffte, mich mit der Zeit dran zu gewöhnen.

Castro saß im Dunkeln am Tisch, als ich in den Raum zurückkam. Ich setzte mich ihm gegenüber und legte mein Handy mit dem Display nach oben zwischen uns. Ich hatte die Taschenlampen-App auf die niedrigste Stufe gestellt – auf die Art reichte das schwache weiße Licht aus, damit wir uns sehen konnten, drang aber hoffentlich nicht durch irgendwelche Ritzen, die es womöglich in den Wänden oder dem Dach gab, nach draußen. Castro hatte sich eine zweite Coladose geholt und mir eine Flasche Wasser mitgebracht.

»Danke«, sagte ich und öffnete sie.

Ich hatte gar nicht gemerkt, wie durstig ich war, jedenfalls leerte ich die Flasche so gut wie in einem Zug.

»Schon in Ordnung«, sagte Castro, als ich die Flasche wieder hinstellte. »Ich sag es auch keinem, wenn *du* es nicht tust.«

»Was?«

»Wir trinken gestohlenes Eigentum.«

Ich sah ihn an. Sein Gesicht gab nichts preis, doch es lag ein winziges Funkeln von etwas wie Belustigung in seinen Augen. Ich fasste in meine Tasche, zog einen Fünf-Pfund-Schein heraus und legte ihn auf den Tisch.

»Das ist für das Wasser und für deine beiden Colas«, erklärte ich. »Ich will dich wegen Mord verhaften, nicht auch noch wegen Diebstahl.«

»Kannst du ruhig«, antwortete er, nahm den Geld-
schein und steckte ihn ein. »Aber weit wirst du mit dei-
nem Mordvorwurf nicht kommen, oder?«

»Wir wissen, dass du es getan hast.«

»Nein, wisst ihr nicht. Ihr wisst überhaupt nichts.«

. . .

Ganz stimmte das zwar nicht, aber grundsätzlich hatte
er recht. Mit Sicherheit wussten wir nur, dass man auf
einer Brache nahe der Cane-Town-Siedlung die Leiche
eines 26-jährigen Mannes in einem ausgebrannten Fahrzeug gefunden hatte. Die Leiche war bis zur Unkennt-
lichkeit verbrannt, doch mithilfe der DNA und des
Zahnprofils hatte man das Opfer schließlich identifiziert: Es war Carlton Ansell, auch bekannt unter dem
Namen Vidious, der Anführer der CTK. Todesursächlich
war nicht das Feuer gewesen – er war bereits tot, als
es ausbrach. Man hatte ihm aus kürzester Entfernung
in den Hinterkopf geschossen, vermutlich mit einer
9-mm-Pistole.

Aber das war auch schon alles, was wir wussten. Wir
hatten keinen forensischen Beweis, keine Zeugen, keine
Waffe. Die einzige Grundlage, Castro zu verhaften, war
die unbewiesene Behauptung eines der Informanten
von DS Gillard, Castro und seine Anhänger hätten versucht, die CTK zu übernehmen, und Castro persönlich
habe Vidious getötet. Nach Aussage Gillards war sein
Informant »geheim« und habe nur unter der Bedingung
geredet, dass man seine Identität nicht preisgab. Die
ungenannte Quelle habe felsenfeste Beweise, die die

Geschichte untermauerten, würde sie aber, wie Gillard sagte, erst dann vorlegen, wenn Castro in Haft sei.

Das reichte nicht, um eine Vernehmung Castros zu rechtfertigen. Allerdings war es zu dem Zeitpunkt ohnehin eine rein akademische Frage, ob wir ihn verhafteten oder nicht. Wir wussten ja gar nicht, wo er steckte. Das Einzige, was wir seit der letzten Überprüfung herausgefunden hatten, war dies: Obwohl er eindeutig in der Cane Town wohnte, hatte er offenbar kein festes Zuhause. Er wechselte seinen Standort immer wieder – hauste in leer stehenden Wohnungen, Lagerräumen, Heizungskellern … nahezu überall. Solange es ein Dach, vier Wände und einen Fußboden hatte, genügte es Castro.

Ob das stimmte, war genauso anfechtbar wie alles andere auch, was wir über ihn gehört hatten. Aber *wenn* es stimmte … Es war schwer, sich vorzustellen, wie ein Junge in diesem Alter so leben konnte – ohne Zuhause, ganz auf sich gestellt, ständig unterwegs, sich allein durchschlagend. Doch als Polizeibeamtin in einer Morduntersuchung war es nicht meine Aufgabe, mich über Dinge zu wundern, die für den Fall nicht relevant waren. Das Wie und Weshalb kam nur in Betracht, wenn es uns half, ein Ergebnis zu kriegen.

Dass wir uns letztlich doch dafür entschieden, Castro festzunehmen und ihn zur Befragung zu holen, hatte zwei Gründe. Zum einen hatten wir von verschiedenen Quellen gehört, dass er schon eine Weile nicht mehr in der Siedlung gesehen wurde und die Möglichkeit bestand, dass er untergetaucht war. Und wie DS Dunn es formuliert hatte: Warum taucht jemand unter, wenn er nichts zu verbergen hat?

Der zweite Grund, Castro festzunehmen, war, dass ich herausgefunden hatte, wo er steckte.

■ ■ ■

Ich hatte den Tipp am Samstagabend über eine anonyme Nachricht auf meinem privaten Handy bekommen.

Castro ist hier, lautete die Nachricht. *Wohnung 216, North Tower, Belmont Park Siedlung, Wandsworth.*

Es waren zwei Fotos angehängt. Eines davon zeigte eine Kapuzengestalt, die einen Wohnblock betrat, das andere zeigte die gleiche Kapuzengestalt, wie sie eine Wohnungstür öffnete. Beide Fotos waren ziemlich verschwommen, das Gesicht nicht klar genug zu erkennen, um die betreffende Person mit ausreichender Sicherheit zu identifizieren. Doch selbst wenn es scharfe Fotos gewesen wären, hätte das keinen Unterschied gemacht, denn es wusste ja sowieso niemand von uns, wie Castro aussah. Jedenfalls dachte ich das, bis ich die Fotos meinen Kollegen zeigte und DS Gillard beiläufig erklärte, *er* wisse sehr wohl, wie Castro aussehe. Er habe ihn bei verschiedenen Gelegenheiten selber gesehen, behauptete er, und sei sich zu 100 Prozent sicher, dass die Gestalt auf dem Foto tatsächlich Castro war. DS Dunn hatte ihn unterstützt.

»Das ist auch dieselbe Wohnungsnummer wie die in der Nachricht«, hatte Dunn gesagt und das zweite Foto genau untersucht. Er zeigte auf die Nummer an der Tür. »Seht ihr? Das ist doch Wohnung 216, oder? Das muss sie sein.«

Es war nicht ganz so eindeutig, wie er es darstellte. Die letzten zwei Ziffern waren gut zu erkennen, man sah ganz klar eine 1 und eine 6. Doch der größere Teil der ersten Ziffer war nicht im Bild, es gab nur ein paar angeschnittene Striche. Zugegeben, die Striche *konnten* zu einer 2 gehören und höchstwahrscheinlich stimmte die Vermutung. Aber selbst wenn er recht hatte, hieß das noch gar nichts. Es war einfach nur die gleiche Wohnungsnummer wie in der Adresse, die man mir in der anonymen Nachricht zugespielt hatte. Und die war nach allem, was wir wussten, ein kompletter Fake.

Doch ich sagte nichts. Ich hatte so viele Zweifel und Fragen bezüglich der Nachricht, dass ich gar nicht gewusst hätte, wo ich anfangen sollte. Wer hatte sie geschickt? Und warum? Wieso wusste derjenige, wo Castro war? Woher hatte er die Fotos? Wieso hatte er meine Handynummer? Und wieso hatte er ausgerechnet mir die Nachricht geschickt? Warum nicht Gillard oder Dunn oder sonst jemandem auf dem Revier in Stock Hill? Und schließlich: Wie passte diese neue Entwicklung mit den Behauptungen des »geheimen« Informanten von Gillard zusammen und wieso hatte das Gillard nicht selbst hinterfragt?

Doch welche Zweifel ich auch immer gehabt haben mochte und wie viele unbeantwortete Fragen es auch gab, einen Tipp musste man überprüfen, und sei es nur, um ihn auszuschließen. Dabei gab es bloß eine Möglichkeit, das zu tun: die Adresse persönlich zu checken. Und ich war nicht bereit zuzulassen, dass dies ohne mich geschah. Es musste einen Grund geben, wieso man die Nachricht an mich geschickt hatte. Und was immer der Grund war – egal ob der Tipp stimmte oder ob uns jemand manipulieren wollte –, er veränderte die Lage. Die Sache war jetzt etwas Persönliches. Was immer hier lief, ich gehörte dazu.

. . .

Ich saß mit Gillard und Dunn im Wagen auf dem Weg hinaus Richtung Wandsworth, um Castro zu schnappen, als ich die Nachricht von Keeley erhielt. Sie war eine Kollegin in Stock Hill – DC Keeley Thorn – und war auf dem Revier gewesen, als ich den anonymen Tipp bekam. Sie hatte die Nachricht zusammen mit den andern gelesen und es selbst übernommen, nachzuschauen, was sie über die Wohnung in Belmont Park rausfinden konnte. Die Recherche sei zwar noch nicht abgeschlossen, schrieb sie in der Nachricht, aber eine aufschlussreiche Sache hatte sie bereits rausgefunden. Eigentümerin der Wohnung war eine 45-jährige Frau namens Lanelle Ferguson, deren Neffe zufällig Carlton Ansell hieß, alias Vidious. Dass sie nur dem Namen nach Eigentümerin war, ließ sich zwar nicht beweisen, aber da der Kauf bar abgewickelt worden war und sie keine offenkundigen Einkünfte besaß, war wohl mit einiger Sicherheit davon auszugehen, dass die Wohnung in Wirklichkeit Vidious gehörte.

Mir war klar, das musste etwas bedeuten – wieso sollte sich der Hauptverdächtige in einem Mordfall ausgerechnet in einer Wohnung verstecken, die seinem Opfer gehörte? –, doch so sehr ich auch drüber nachdachte, ich fand keine Antworten. Ich versuchte mir einzureden, das sei deshalb so, weil die Geschichte einfach nicht stimmte und die Nachricht eine Finte war. Aber auch als ich das in Erwägung zog – Warum? Wer? Was bedeutete das? –, kam ich nicht weiter.

Anfangs ärgerte mich das. Ich war schließlich Kommissarin, es war mein Job, gut zu kombinieren und Dinge herauszufinden. Doch dann sagte ich mir, das hier ist doch kein Krimi, kein Roman, kein Film, keine Fernsehserie, wo nichts ohne Grund geschieht und sich alles schön logisch zusammenfügt.

Das hier war die reale Welt. Und die reale Welt ist meistens ein großes Chaos von verworrenen, ineinander verknoteten Dingen, die sich nicht darum scheren, ob sie einen Sinn ergeben oder nicht.

SECHS

Als wir in dieser Nacht in der Imbissbude zusammen-
saßen, wusste ich nicht, ob mir Castro erzählen
würde, was draußen lief. Er war CTK, ein Junge aus der
Cane Town, und ich war die Polizei. Normalerweise
hätte ich erwartet, dass er mir nicht mal die Uhrzeit
sagen würde. Weil er aber bis jetzt relativ offen zu mir
gewesen war – und dazu kam das wachsende Gefühl,
dass an ihm etwas anders war, dass ihn etwas von den
sonstigen Gang-Kids absetzte –, hatte ich eine gewisse
Hoffnung, dass er nicht einfach bloß dahocken und
mich ignorieren würde. Klar, ich konnte mich irren –
vielleicht hatte er bei allem bisher locker gelogen, und
auf dieses vage Gefühl in mir war auch kein Verlass.
Aber es gab ohnehin nicht viel, was ich tun konnte.
Entweder redete er mit mir oder nicht. Mir blieb nur, mit
ihm am Tisch zu sitzen und abzuwarten, was kam.

Und die Antwort hieß: nichts, zumindest für eine
Weile. Es passierte nichts, er sagte nichts, sondern saß
nur da und blickte mich stumm an, mit Augen, die in
dem schwachen weißen Licht erschreckend klar wirkten. Die Dunkelheit seiner Augen war so tief, dass sie
mehr schwarz als braun schienen. Auch die Haare

waren dunkel – schwarz, kurz, schlicht. Im Grunde war alles an ihm schlicht – kein Schmuck, keine sichtbaren Tattoos … schlichter schwarzer Hoodie über einem schlichten schwarzen T-Shirt, schlichte schwarze Jeans, unauffällige Turnschuhe.

Als ich so dasaß, ihn anschaute und wartete, dass er etwas sagen würde, ertappte ich mich dabei, wie ich über seinen Hintergrund, seine Familie, seine Eltern nachdachte … mich fragte, wer sie waren und wo sie waren, wieso er kein Zuhause hatte …

»Das war alles geplant«, sagte er.

»Was war geplant?«

»Die Ausschreitungen … es war alles inszeniert. Die haben es seit Wochen geplant.«

»Was soll das heißen, es war alles inszeniert? Das ist unmöglich. Das Video wurde doch letzte Nacht erst gepostet.«

Das Video, von dem ich sprach, war eine Handy-Aufnahme, die zeigte, wie ein 16-Jähriger namens Loncey Horan von zwei uniformierten Polizisten wieder und wieder getasert wurde, und danach traten ihm die beiden die Scheiße aus dem Leib. Horan sollte wegen Besitz einer Offensivwaffe verhaftet werden und hatte angeblich einen der beiden Beamten bei der Festnahme angegriffen, was auf dem Video allerdings nicht zu sehen war. Auch die Gesichter der Beamten zeigte die Aufnahme nicht, weshalb man sie nicht identifizieren konnte, aber Horan wohnte in der Stoke-Newington-Gegend und mehrere Zeugen behaupteten, gesehen zu haben, wie er auf das dortige Polizeirevier gebracht worden war, eindeutig bewusstlos, und dass er dringend medizinische Hilfe gebraucht habe.

Das Video war Freitagnacht auf YouTube gestellt worden, vor weniger als 24 Stunden; Horan lag zu dieser Zeit in einem Krankenhaus im Koma. Und heute am frühen Abend, gerade als sich eine protestierende Menge vor der Polizeiwache in Stoke Newington versammelte, hatte das Krankenhaus mitgeteilt, dass sich Horans Zustand verschlechtert habe und er wohl nicht mehr zu Bewusstsein kommen werde.

»Das gehörte alles dazu«, sagte Castro. »Das Video war ein Auslöser. Es ging dabei bloß um das Timing.«

Ich fragte mich, ob ich nicht mehr klar denken konnte oder Castro mich bewusst zu verwirren versuchte. Jedenfalls fiel es mir schwer zu begreifen, was er da gerade gesagt hatte.

»Ich versteh das immer noch nicht«, gab ich kopfschüttelnd zu.

»Alles, was passiert ist, sollte passieren«, antwortete Castro geduldig. »Das Ganze war vorbereitet – der Angriff auf Horan, das Video, der Protest, die Ausschreitungen – einfach alles.«

»Der Angriff auf Horan war geplant?«

»Ja.«

»Keine echten Cops?«

Er schüttelte den Kopf. »Korrupte Cops.«

Ich wollte ihm nicht glauben, aber ich war inzwischen fast drei Jahre bei der Polizei – das reichte, um zu wissen, dass zwar die meisten Beamten sauber waren, es aber trotzdem einige gab, für die das nicht galt. Und egal, wie schwer das zu schlucken war, es lag durchaus im Bereich des Möglichen, dass zwei aktive Polizeibeamte Horan gezielt misshandelt hatten. Aber letztendlich machte es sowieso keinen Unterschied, wer es getan hatte. Ob falsche Cops oder korrupte Cops, beides war abscheulich.

»Verdammt«, murmelte ich vor mich hin. »Der arme Kerl …«

»Er hat ein Baby von einem Balkon geworfen«, sagte Castro.

»Was?«

»Horan … er ist in die Wohnung von seiner Ex eingedrungen, im zehnten Stock, und hat ihr Baby vom Balkon geworfen.«

»Wieso das?«

»Was weiß ich?« Castro zuckte mit den Schultern. »Jedenfalls haben sie ihn deshalb für das Video ausgewählt. Die haben einen Mörder auf ihn angesetzt wegen dem, was er getan hat, also war er eigentlich sowieso schon tot.«

»Und deshalb ist es okay, ja?«

»Es ist gar nichts.«

Er sagte es so, wie er das meiste sagte – leise, nüchtern, leidenschaftslos. Das machte es schwierig einzuschätzen, ob er seine Gefühle nur für sich behielt oder schlicht keine hatte. Er redete auch nicht wie die anderen Gang-Kids. Er hatte nicht ihren Dialekt oder ihre Ausdrucksweise. Oder vielleicht doch, aber nur, wenn er mit ihnen zusammen war. Vielleicht beherrschte er genau das – seine Art zu reden den Umständen anzupassen –, doch mir war nicht klar, was es ihm brachte, seine Stimme *für mich* anzupassen. Aber so vieles an Castro ergab keinen Sinn, und jetzt und hier war nicht die Zeit, mir darüber Gedanken zu machen.

»Wer sind diese Leute, von denen du die ganze Zeit sprichst?«, fragte ich ihn. »Die, die alles geplant haben sollen. Kennst du sie?«

»Nein.«

»Ich glaube, wahrscheinlich doch.«

»Glaub, was du willst.«

»Sie werden es schon nicht erfahren, wenn du mir ihre Namen nennst. Wie denn? Wir sind die Einzigen hier. Nur du und ich –«

»Ich kann aber nicht sagen, was ich nicht weiß.«

»Ich versteh nicht, wieso –«

»Du verschwendest deine Zeit.«

»Okay«, sagte ich. »Und was ist mit den Ausschreitungen? Wenn sie so sorgfältig geplant waren, wie du sagst, dann muss es doch einen Grund dafür geben.«

»Die Hauptidee war wohl, Cops zu töten. Sämtliche Gangs sollten einem Waffenstillstand zustimmen und dann alle zusammenarbeiten, um die ganze Stadt in eine Chaoszone zu verwandeln und so viele Cops umzubringen wie möglich. So wurde es zumindest verkauft.«

»Aber das war nicht der wahre Grund?«

Er schüttelte den Kopf. »Es ging einzig und allein um diesen Waffenstillstand –«

Er unterbrach sich mitten im Satz, starrte zur gegenüberliegenden Wand und lauschte.

»Was ist?«, fragte ich. »Hast du was gehört?«

Er hob die Hand, um mir zu sagen: Sei still. Ich saß da und lauschte mit ihm zusammen. Ich hörte den ganzen Tumult im Hintergrund – und es gab keine Anzeichen, dass es bald enden würde –, doch sonst hörte ich nichts.

»Alles okay«, sagte Castro und wandte sich wieder mir zu. »Ich dachte, ich hätte ein Fahrrad vorbeifahren hören. Wollte nur sichergehen, dass es nicht zurück-kommt.«

Ich sah ihn an, wartete, dass er weitererzählte, und versuchte, all die Fragen zu ignorieren, die sich in mei-nem Hinterkopf auftürmten. Sie mussten warten. Er redete mit mir, erzählte mir Dinge … und egal, ob ich sie glaubte oder nicht, ich wollte ihm keinen Grund lie-fern, aufzuhören.

・ ・ ・

Einiges von dem, was Castro mir dann erzählte, wusste ich schon. Wir hatten Informationen sowohl aus offiziel-len als auch inoffiziellen Quellen, dass es bei den Gangs in ganz London in letzter Zeit eine Menge Verände-rungen gegeben habe. Neue Allianzen waren gebildet, neue Märkte eröffnet, neue Geschäftsmodelle eingeführt worden. Es waren gewaltige Umbrüche und nicht alle waren glücklich darüber. Die neuen Allianzen waren jedoch derart mächtig, dass es für die meisten Abweich-ler nur noch um die Frage ging, zu kooperieren und zu überleben oder sich zu widersetzen und vernichtet zu werden. Bei so einer Frage gibt es seit jeher nur eine Antwort, aber einige der stärkeren und etablierteren

Gangs weigerten sich trotzdem, ihre Unabhängigkeit aufzugeben, und bald wurde klar, dass ohne ihre Kooperation die neuen Allianzen ernste Probleme bekommen würden. Es war eine Pattsituation und keine Seite zu Kompromissen bereit. Je länger das Ganze andauerte, desto wahrscheinlicher wurde ein totaler Krieg zwischen den Allianzen und den rebellierenden Gangs. Doch zur allgemeinen Überraschung passierte gar nichts. Kein Kompromiss und auch kein Krieg.

»Die Allianzen wollten keinen Krieg«, erklärte Castro. »Kriege sind schlecht fürs Geschäft. Sie sind teuer. Sie kosten viel Zeit und Energie und erzeugen zu viel Aufmerksamkeit. Aber nichts zu unternehmen gegen die rebellierenden Gangs, wäre auf Dauer noch viel schlimmer fürs Geschäft. Also haben die Allianzen einen Weg gesucht, um die Schlüsselfiguren der rebellierenden Gangs zu entfernen. Idealerweise alle auf einmal und so, dass die Morde nicht mit ihnen selbst in Verbindung gebracht werden konnten …«

Und das war es. Das war der wahre Grund für den Waffenstillstand, die Ausschreitungen und alles andere. Der Waffenstillstand umfasste die ganze Stadt und alle Gangs hatten ihm zugestimmt, auch die Rebellen. Alle gaben ihr Wort, dass es eine Nacht lang und nur diese eine Nacht keine Rivalitäten unter den Gangs geben sollte, keine Fehden, keine Kämpfe, keine Morde und auch keine Gebietsgrenzen. Alle Territorien sollten für jeden offen sein und der einzige Feind sei die Polizei. Das heißt, als die Ausschreitungen losgingen, gab der Waffenstillstand den Allianzen genau das, was sie brauchten, um die rebellierenden Gangs aus dem Verkehr zu ziehen. Ihre angeheuerten Schlägertrupps wurden nicht von Gebietsgrenzen behindert, sie konnten sich frei bewegen, und das Chaos verschaffte ihnen die perfekte Tarnung, um ihren Job zu erledigen, ohne allzu viel Aufmerksamkeit auf sich zu ziehen.

So jedenfalls hatte es laufen *sollen*.

»Von Waffenstillstand ist da draußen aber nicht viel zu spüren, oder?«, sagte ich zu Castro.

Er schüttelte den Kopf. »Das konnte nicht gut gehen.«

»Was ist passiert? Wieso ist das Ganze so aus dem Ruder gelaufen?«

»Keine Ahnung.«

»Wieso nicht?«

Anstatt zu antworten saß er bloß da, blickte mich an und wartete, dass der Groschen fiel. Und ich kam mir ziemlich dämlich vor, als er dann wirklich fiel. Natürlich wusste Castro nicht, was passiert war – den größten Teil der Nacht war er ja in Polizeigewahrsam gewesen.

»Okay«, sagte ich. »Und was *glaubst* du, ist passiert?«

»Könnte alles gewesen sein. Jemand könnte rausgefunden haben, was die Allianzen vorhatten … irgendwas könnte zwischen den rivalisierenden Gangs aufgeflammt sein. Braucht ja nicht viel.« Er zuckte mit den Schultern. »Nicht dass das eine Rolle spielt. Für uns beide jedenfalls nicht. Für uns zählt jetzt bloß, *was* da draußen los ist.«

»Alle bekriegen sich gegenseitig.«

Er nickte. »Die haben alle geglaubt, auf derselben Seite zu stehen, das hat sie unvorsichtig gemacht. Es hieß ja, es wäre egal, ob man sich in feindlichem Territorium aufhielte, der einzige Feind sei die Polizei. Also gibt es immer noch überall Gangs und die werden sicher auch immer noch in den Territorien der anderen unterwegs sein, nur eben jetzt *nicht* mehr auf derselben Seite …« Er sah mich an. »Das, glaube ich, ist passiert.«

Wahrscheinlich hatte er recht.

Nicht dass das eine Rolle spielt, überlegte ich. Für uns beide jedenfalls.

Auf einmal fühlte ich mich sehr müde.

· · ·

Es gab jede Menge Löcher in Castros Geschichte, aber irgendwie erhöhte das die Wahrscheinlichkeit, dass sie stimmte. Die Wahrheit ergibt nur selten absolut Sinn. Es gibt immer Teile, die nicht passen, Dinge, die sich nicht erklären lassen, Dinge, die mit nichts was zu tun haben. Eine Geschichte *ohne* Fehler kann zwar auch manchmal stimmen, aber das Gegenteil ist die Faustregel. Auf der anderen Seite muss man immer im Kopf haben, dass Leute wie Castro durchaus genug Verstand haben, ihre Geschichten ein bisschen löchriger zu stricken, um sie glaubhafter zu machen.

Castro war auf jeden Fall klug genug, seine Geschichte so zu frisieren, dass es praktisch keine Möglichkeit gab, herauszufinden, wie viel davon stimmte und was entweder eine Verfälschung oder eine Übertreibung der Wahrheit war, wenn nicht gar reine Lüge. Aber eine Sache blieb, die er nicht manipulieren konnte, und das war die schlichte Tatsache, dass er mir gegenübersaß. Er saß hier mit mir, redete mit mir und erzählte mir Dinge, die er nicht erzählen musste, egal ob sie stimmten oder nicht.

Warum sollte er das tun?

Das überlegte ich die ganze Zeit.

Was hatte er davon?

■ ■ ■

»Was denkst du, wie lange das noch so weitergeht?«, fragte ich ihn.

»Die Ausschreitungen?«

»Ja.«

Er zuckte mit den Schultern. »Ich seh nicht, warum sie in nächster Zeit aufhören sollten.«

»Und wie ist der Plan?«

»Was meinst du?«

»Was du tun willst?«

»Wann?«

»Jetzt … heute Nacht.«

Er zog die Stirn kraus. »Wir werden gar nichts tun. Ich meine, das ist doch genau der Punkt, warum wir hier sind, oder? Wir *müssen* nichts tun.«

»Ja, aber –«

»Du gehst doch bei Sturm auch nur raus, wenn du unbedingt musst. Ansonsten bleibst du zu Hause und wartest, bis er vorbei ist.«

»Und was, wenn du eigentlich woanders sein solltest?«

»Zum Beispiel?«

»Ich muss zurück aufs Revier.«

»Wieso?«

»Spielt keine Rolle, wieso. Ich muss einfach –«

»Ich *muss* zurück in die Cane Town«, antwortete er. »Aber wenn ich jetzt rausgehe ...« Er schüttelte den Kopf. »Da draußen sind Leute, die mich tot sehen wollen.«

»Und wer?«

»Spielt keine Rolle –«

»Sind die CTK hinter dir her, weil du Vidious umgebracht hast? Bist du deshalb untergetaucht?«

»Ich hab Vidious nicht umgebracht.«

»Und wieso bist du dann aus der Siedlung verschwunden?«

Er seufzte. »Es gibt Leute in der CTK, die mich schon lange loswerden wollen, und jetzt, wo Vidious weg ist, müssen sie sich nicht mehr zurückhalten. Wenn ich in der Cane Town geblieben wär, hätten sie mich gekillt.«

»Und du glaubst, die sind da draußen und suchen dich?«

»Nicht persönlich, nein. Aber ihre Leute sind da. Und inzwischen wird sich die Nachricht in ganz London verbreitet haben. Alle werden jetzt wissen, dass mich die CTK suchen.«

»Alle?«

»Okay, nicht *alle* natürlich. Aber –«

»Was ist mit den beiden im Range Rover?«

Er verstummte wieder, sagte nichts, starrte nur ins Leere. Er hatte etwas Leeres, ein leeres Herz, und ich wusste nicht, was ich daraus schließen sollte. Es schien nicht *kalkuliert*, nicht Teil einer Inszenierung, aber so würde es bei ihm auch nie wirken, wenn er wusste, was er vorhatte. Und in einem war ich mir absolut sicher: Castro wusste genau, was er tat. Wenn es bei mir doch nur auch so wäre. Mein Instinkt sagte mir in diesem Punkt: Er stopft deinen Schädel derart mit Infos voll, dass sie dir den Verstand vernebeln und dich davon abhalten, Dinge zu erkennen, die du nicht sehen *sollst*.

Ich sah ihn über den Tisch hinweg an und fragte mich, ob ich recht hatte … oder ob ich ihm womöglich zu viel zubilligte. Vielleicht wusste er eben doch nicht, was er tat. Aber dann wandte er sich plötzlich wieder mir zu, schaute mir in die Augen und ich wusste, ich hatte recht.

»Du weißt über Gillard und Dunn Bescheid, oder?«, fragte er.

Die Frage überrumpelte mich und ich bin sicher, dass sie genau das sollte. Er wollte meine spontane Reaktion sehen. Es ging nicht darum, dass er keine Ahnung hatte, ob ich wusste, was er mit seiner Frage meinte, er wollte nur einfach ganz sicher sein. Ich weiß nicht, ob es mein Gesicht oder meine Augen waren, die ihm die Antwort verrieten – vielleicht spürte er es auch nur irgendwie –, doch mir war gleich klar, dass es sinnlos wäre, etwas zu leugnen. Wir wussten beide über Gillard und Dunn Bescheid.

»Sie waren käuflich«, antwortete ich. »Sie waren korrupt.«

Castros Augen blieben auf mich fokussiert. »Deshalb bist du mitgefahren, um mich zu verhaften, stimmt's? Du wusstest, was sie tun würden.«

Ich schüttelte den Kopf. »Ich wusste, dass sie Verbindungen zu den Leuten hinter den Gangs hatten, denen, die das große Geld machen, doch ich hatte keine Ahnung, wie weit das Ganze ging. Ich hatte einen Verdacht, mehr aber auch nicht. Und ich wusste ganz sicher: Wenn sie deine Verhaftung selbst in die Hand nahmen, dann mussten sie irgendwas vorhaben. Sie waren keine guten Cops. Sie waren faul, sie waren desinteressiert. Sie drängten sich nie vor. Doch sobald die Entscheidung gefallen war, dich zu verhaften, waren sie auf einmal wie angefixt. Wieso sollten sie plötzlich einen Job annehmen, der unter ihrer Würde war, noch dazu einen, der bedeutete, die Sicherheit des Reviers zu verlassen, obwohl sie genau wussten, dass es da draußen zu Ausschreitungen kommen konnte? Aber niemand sagte etwas. Gillard und Dunn sind beim Rest des Reviers nicht besonders beliebt. Das allgemeine Empfinden war wohl: Wenn sie Castro schnappen wollten und deshalb meinten, riskieren zu müssen, in Ausschreitungen verwickelt zu werden, dann war das allein ihr Problem. Keiner von den anderen würde aufstehen und sie dran hindern.«

»Und wieso bist *du* mit?«

»Ich hab dazugehört«, antwortete ich.

»Wozu?«

»Zu der Ermittlung … deiner Verhaftung. Ohne mich hätte es die nicht gegeben.«

»Meine Verhaftung?«

Ich nickte. »Ich hab dein Versteck rausgefunden.«

»Echt?«

»Ja.«

»Und wie?«

Ich schwieg eine Weile. Ich glaube, ich versuchte mich zu überzeugen, dass ich wusste, was ich tat, oder es zumindest ein Teil von mir wusste, aber noch während des Nachdenkens ertappte ich mich, wie ich über den Tisch nach meinem Handy griff. Ich schaltete die Taschenlampe aus, dann öffnete ich die anonyme Nachricht und reichte Castro das Handy. Ich beobachtete ihn genau, als er mich einen Moment lang anstarrte, ehe er das Handy nahm und auf das Display schaute, aber sein Gesicht blieb ausdruckslos wie immer. Und es blieb auch so, während er die Nachricht mehrmals las und dabei rauf und runter scrollte, um sicherzugehen, dass er nichts übersah. Schließlich öffnete er die beiden Fotos. Ein Ausdruck von Verwunderung zeigte sich kurz in Castros Gesicht – die Augen zogen sich ein wenig zusammen und er kräuselte leicht die Stirn –, dann blinzelte er und die Leere war wieder da.

»Bist du das auf dem Foto?«, fragte ich ihn.

Er nickte. »Sind die zusammen mit der Nachricht gekommen?«

»Ja.«

»Hast du sie schon zurückverfolgt?«

»Erzähl mir von dieser Wohnung«, sagte ich. »Du weißt, dass sie Vidious gehörte, oder?«

Seine einzige Reaktion auf den plötzlichen Themenwechsel war Schweigen. Er nahm sich Zeit mit der Antwort. Und wie er so in der Dunkelheit saß, das Gesicht vom fahlen Schein des Displays seltsam verschattet, fragte ich mich, ob er das Gleiche empfand wie ich. Es war eine seltsame Situation für uns beide. Es gab Elemente, die vertraut waren – Polizist und Verdächtiger, Fragen und Antworten, Wahrheit und Lügen –, aber alles wirkte verquer und verschoben, ohne die üblichen Regeln und Grenzen, und keiner von uns wusste, wie und wann das Ganze enden würde.

»Die Wohnung war Vidious' Unterschlupf«, sagte Castro. »Er hatte sie für Notfälle, falls er verschwinden und sich eine Weile verstecken musste.«

»Wie hast du das rausgefunden?«

»Er hat's mir erzählt.«

»Warum?«

Castro zuckte mit den Schultern. »Ich glaube, er wollte einfach, dass noch jemand anderes von der Wohnung weiß, verstehst du … jemand aus seiner Gang.«

»Aber wieso du?«

»Er hat mir vertraut.«

Es gab keinen Hinweis auf Ironie in seiner Stimme, kein Erkennen, dass er ausgerechnet das Vertrauen *der* Person in Anspruch nahm, die er im Verdacht stand, getötet zu haben.

»Wer wusste noch von der Wohnung?«

»Seine Tante Lanelle. Die Wohnung läuft auf ihren Namen.«

»Sonst noch jemand?«

»Nein.«

»Aber wie willst du das so genau wissen?«

»Vidious hätte es mir gesagt.«

»Bist du sicher?«

»Ja.«

»So sehr hast du ihm vertraut?«

»Ich kannte ihn. Ich wusste, was er tun würde und was nicht.«

»Verstehe … nach dem, was du sagst, gab es also nur drei Leute, die von der Wohnung wussten – Vidious, seine Tante und du.«

»Ja.«

»Dann muss einer von diesen dreien die anonyme Nachricht geschickt haben.«

Er schüttelte den Kopf. »Ich seh nicht, wie das funktioniert haben soll. Ich meine, Vidious war auf jeden Fall tot. Das schließt *ihn* ja wohl aus.«

»Aber was, wenn er noch jemandem von der Wohnung erzählt hat, *bevor* er erschossen wurde? Er könnte doch rausgefunden haben, dass irgendwer plante, ihn umzubringen, oder?«

»Wieso hätte er dann jemand anderem von der Wohnung erzählen sollen?«

»Keine Ahnung … vielleicht wusste er ja nicht mehr, wem er noch trauen konnte.«

»Und warum sollte er sein Vertrauen in jemand anderen setzen, wenn er nicht wusste, wem er vertrauen konnte? Das ergibt doch überhaupt keinen Sinn.«

»Okay«, sagte ich, den Einwand akzeptierend. »Was ist mit seiner Tante, Lanelle Ferguson?«

»Sie hätte mich nicht ausgeliefert.«

»Wieso nicht? Wenn sie geglaubt hat, dass du ihren Neffen umgebracht hast –?«

»Wenn sie mich hätte abschreiben wollen, hätte sie den CTK gesteckt, wo ich bin, aber doch nicht der Polizei.«

»Aber wenn der Tipp nicht von ihr kam, er jedoch auch unmöglich von Vidious gewesen sein kann und niemand sonst über die Wohnung Bescheid weiß … dann bleibst nur noch du, stimmt's?«

Er lächelte. »Ja, okay … das war ich. Ich geb's zu. Ich hab dir die anonyme Nachricht geschickt.«

• • •

Es gibt vieles in uns, was wir nicht wissen. Gefühle, Instinkte, Empfindungen, Dinge, die jenseits von unserem Bewusstsein oder ganz ohne Bewusstsein ablaufen. Wir müssen sie nicht verstehen und auch nicht wissen, woher sie kommen oder was ihr Sinn ist, wenn sie überhaupt einen haben. Wir müssen ihnen nur vertrauen. Sie nur sein lassen, was sie sind, und tun lassen, was sie tun.

Und genau so war es mit dem Gefühl, das ich Castro gegenüber nach seinem vorgespielten Geständnis hatte. Ich wusste nicht, was es war oder was es bedeutete, wenn es überhaupt etwas bedeutete. Ich wusste bloß, dass es da war.

SIEBEN

Ich glaube, ich hatte nie wirklich Zweifel gehabt, dass Gillard und Dunn korrupt waren, doch wenn es noch einen Funken Skepsis gab, wurde er an dem Abend endgültig ausgeräumt, als wir nach Belmont Park kamen, in die Siedlung, wo Castro sich angeblich versteckte. Weil Vidious erschossen worden war, musste Castros Verhaftung mit Unterstützung eines bewaffneten Einsatzkommandos erfolgen. Gillard hatte mir gesagt, alles sei geregelt und die Einheit wäre da, wenn wir Belmont Park erreichten. Doch als wir dort ankamen und die Einheit nirgends zu sehen war, schob er das lässig beiseite. »Mach dir keine Sorgen«, sagte er. »Ist kein Problem. Wir brauchen die sowieso nicht.«

»Ich wusste, das war nicht in Ordnung«, erklärte ich Castro. »Aber ich wusste nicht, was ich tun sollte. Mir war nicht klar, ob Gillard das bewaffnete Einsatzkommando einfach überflüssig fand oder ob da irgendwas anderes dahintersteckte.«

»Die haben sich alle Möglichkeiten offengehalten«, antwortete Castro.

»Welche Möglichkeiten?«

»Gillard und Dunn hatten nie vor, mich einzubuchten. Sie wollten nur als Erste dort sein und mich den Leuten übergeben, für die sie gearbeitet haben, wer auch immer das war. Aber sie haben nicht damit gerechnet, dass noch jemand dabei wäre. Wahrscheinlich haben sie kein großes Problem darin gesehen und es hat sie ja offensichtlich auch nicht von ihrem Vorhaben abgehalten. Sie mussten sich nur überlegen, was sie am Ende mit dir anfangen sollten.«

»Sie hätten mich töten müssen.«

»Nicht unbedingt.«

»Was hätten sie denn sonst machen können? Wenn sie dich irgendwem übergeben wollten, anstatt dich einzubuchten, hätte ich das ja mitgekriegt. Und die wussten doch, dass ich in dem Fall Meldung machen würde.«

»Als Erstes hätten sie versucht, sich dein Schweigen zu erkaufen. Dich zu bezahlen, damit du die Klappe hältst, wär wesentlich einfacher gewesen, als dich zu töten. Und wenn das nicht geklappt hätte –«

»Hätte es nie.«

»Dann hätten sie sich aufs Drohen verlegt.«

Er musste nicht weiterreden. Ich wusste genau, was er meinte – *Halt dein Maul oder wir machen dir das Leben zur Hölle … wir machen dich fertig … wir werden dir alles nehmen, was dir am Herzen liegt.* Ich hätte gern gesagt, dass auch das bei mir nicht funktionieren würde, dass ich den Mut gehabt hätte, das Richtige zu tun … aber weiß man's?

Und es spielte ja sowieso keine Rolle.

Gillard und Dunn hatten mir nicht gedroht. Und jetzt würden sie es auch nicht mehr tun.

»Weißt du, mit wem sie zusammengearbeitet haben?«, fragte ich Castro.

Er schüttelte den Kopf. »Die wollten sich an niemand Bestimmten binden. Ich weiß, dass sie jede Menge Geschäfte mit den CTK laufen hatten, und wahrscheinlich auch mit den Blood Saints und mit Southside. In letzter Zeit wurden sie sogar mit den Geldsäcken hinter einer der neuen Allianzen gesehen, einer Gruppe, die RedCut heißt.«

»Hätten die CTK sie benutzt, dich zu finden?«

»Ja, möglich.«

»Was ist mit den andern? Den Blood Saints, Southside, RedCut –«

»Keine Ahnung … ist schwer zu sagen. Die Dinge können sich schnell ändern.«

»Welche Dinge?«

»Ist kompliziert …«

Ich wusste, dass er etwas vor mir verheimlichte, und wenn ich nicht so erschöpft gewesen wäre, hätte ich vielleicht weiter insistiert. Aber es ging nicht mehr. Ich konnte nicht mehr denken. Der Versuch, den Überblick über alles zu behalten, was Castro mir erzählte, hatte meine geistige Energie komplett aufgebraucht. Es war wirklich kompliziert. Es war, als würde ich einem Dutzend Leuten zuhören, die alle gleichzeitig über völlig verschiedene Dinge sprachen, und müsste herausfinden, wer log und weshalb und ob es wichtig war. Ich fragte mich, wie Castro das schaffte. Ich hatte es nur ein paar Stunden getan und schon das war für mich zu viel. Bei Castro ging das sieben Tage die Woche rund um die

Uhr so. Und wenn er einen Fehler machte – eine falsch eingeschätzte Lüge, ein falsches Wort zur falschen Zeit an die falsche Person –, konnten die Folgen tödlich sein. Aber vielleicht war es genau das. Wenn du etwas tun musst, um zu überleben, sorgst du entweder dafür, dass du absolut gut darin wirst, oder du gibst dich auf.

• • •

»Ich will dir nicht sagen, was du tun sollst«, meinte Castro, nachdem wir eine Weile geschwiegen hatten. »Ich will dir nur erklären, wieso es für mich nicht sicher wäre, da rauszugehen.«

»Ja, ich weiß.«

»Was *du* tust, das ist absolut deine Sache. Ob du bleibst, ob du gehst … was auch immer. Es macht für mich keinen Unterschied.«

»Und da heißt es immer, es gibt keine Ritterlichkeit mehr.«

»Du weißt genau, was ich meine.«

»Ja, hab's kapiert«, sagte ich müde. »Du bleibst hier, doch das heißt nicht, dass ich auch bleiben muss.«

»Genau … aber wenn ich du wär, würd ich bleiben.«

»Klar, aber du bist nicht ich. Du bist Bad Castro.«

»Und du Judy Ray.«

ACHT

Ich bin in der Cane Town geboren und aufgewachsen. Bis zum dreizehnten Lebensjahr habe ich dort gelebt. Und ich werde nie wissen, was ohne den Umzug damals aus mir geworden wäre. Ich weiß, es ist sinnlos, darüber nachzudenken, trotzdem erwische ich mich manchmal dabei. Hätte ich den gleichen Weg genommen wie die meisten Kids, mit denen ich aufgewachsen bin? Hätte mich das Gang-Leben allmählich aufgesogen, Stück für Stück, Tag für Tag, bis ich so tief drinsteckte, dass ich, selbst wenn ich gewollt hätte, nicht mehr herausgekommen wäre? Wäre das meine Welt geworden? Ich möchte gern glauben, dass das nicht so gewesen wäre. Dass ich die Kraft und den Mut gehabt hätte, dem Sog zu widerstehen, dass ich trotzdem zur Polizei gegangen wäre, auch wenn es mich in der Cane Town gehalten hätte. Doch die Wahrheit ist: Wenn meine Mutter uns nicht da rausgeholt hätte, wäre die Chance, Polizistin zu werden, beinah gleich null gewesen.

Es wäre falsch zu behaupten, dass *jeder* in der Cane Town die Polizei hasste, aber jemanden zu finden, würde wirklich schwerfallen. Man verachtete die Polizei nicht bloß, sondern verabscheute sie geradezu leidenschaftlich. Polizisten waren Abschaum, Schweine, das Allerletzte. Und wenn sich jemand aus der Siedlung mit ihnen einließe – oder noch schlimmer, einer von ihnen würde –, dann wäre er für immer als Verräter gebrandmarkt, als Lump, der seine eigenen Leute verriet, und man würde ihm und den Seinen das Leben zur Hölle machen.

Das hätte ich meiner Mutter niemals antun wollen.

Es war beinahe sieben Jahre her, seit wir die Siedlung verlassen hatten, und auch wenn in der Cane Town sieben Jahre eine Ewigkeit sind – viele der Kids, mit denen ich aufwuchs, sind inzwischen im Gefängnis oder tot –, gab es doch immer noch welche, die sich an mich erinnerten. Und für sie machte es keinen Unterschied, dass ich, seit ich bei der Polizei war, keinen Fuß mehr in die Siedlung gesetzt hatte. Es machte mich keinen Deut weniger zur Verräterin und daran würde sich nie etwas ändern.

■ ■ ■

Ich wusste schon vorher, was ich sehen würde, als ich mal wieder mein Handy checkte – kein Netz. Und ich wusste auch, dass es sinnlos war, es noch mal auf dem Festnetz zu versuchen, doch ich musste es trotzdem tun. Außerdem wollte ich sowieso mal aufstehen und meine Glieder strecken.

Das Telefon an der Wand war immer noch tot.

Ich ging zu den Lagerkartons, holte mir eine neue Flasche Wasser und eine weitere Dose Cola für Castro, dann kehrte ich an den Tisch zurück. Castro sagte nichts, als ich die Cola vor ihn hinstellte. Er saß nur da und starrte nachdenklich auf mein Handy. Und wie ich so dastand und auf ihn herabsah, hatte ich plötzlich wieder für einen kurzen Moment dieses unbekannte Gefühl, das ich gehabt hatte, als ich in den Spiegel sah. Ich wusste immer noch nicht, was es war, doch es schien diesmal nicht ganz so unbegreiflich und vielleicht auch nicht ganz so flüchtig. Doch als ich plötzlich Castros Stimme hörte, war es sofort wieder weg.

»Wahrscheinlich haben sie die Netze gekappt«, sagte er.

Er öffnete die Cola und nahm einen Schluck. Ich setzte mich wieder ihm gegenüber.

»Die Handynetze?«

Er nickte. »Gibt ihnen einen Vorteil gegenüber den Randalierern.«

»Wem gibt es einen Vorteil?«

»Der Polizei. Die haben ja noch ihre Funkgeräte –«

»Die Polizei kann keine Handynetze kappen«, sagte ich. »Das dürfen die gar nicht. Und das würde auch keiner tun. Wenn du den Zugang zu allen Notrufnummern kappst, können Leute sterben.«

»Und was glaubst *du*, wieso es kein Netz gibt?«

»Keine Ahnung … könnte alles sein. Vielleicht sind wir in einem Funkloch, das Netz ist überlastet … oder bei den Ausschreitungen ist ein Funkmast zerstört worden. Wahrscheinlich funktioniert auch deshalb das Festnetz nicht mehr – Zerstörung durch Randalierer, Vandalismus … irgendwo sind eben die Leitungen unterbrochen. Bestimmt ist das der Grund. Aber mit der Polizei hat das nichts zu tun.«

»Die haben schon mal die Netze gekappt.«

Ich schüttelte den Kopf. »Das ist ein Märchen. So was gibt es nicht.«

»Da hab ich was anderes gehört.«

»Dann war es falsch.«

Er zuckte mit den Schultern, griff nach seiner Cola und trank wieder. »Das gehört zu den Dingen hier in Cane Town, die sich wohl nie ändern werden«, sagte er. »Es gehen immer so viele Geschichten um, dass du manchmal kaum weißt, was du glauben sollst. Es ist wie –«

Er unterbrach sich wieder, sofort hellwach, genau wie beim letzten Mal. Aber diesmal hörte ich auch was. Es war zu schwach und gedämpft, um erkennen zu können, worum es sich handelte – eine knurrende Stimme, ein unterdrücktes Husten? –, doch es klang eindeutig menschlich und kam eindeutig von draußen, ganz in der Nähe. Wir saßen beide einfach nur da – reglos, atemlos, abwartend, horchend – und nach etwa fünf Sekunden hörten wir es wieder. Diesmal kam es von weiter links. Dasselbe tiefe Knurren, nur etwas deutlicher … und dann wieder, ähnlich, aber nicht gleich. Zwei Stimmen. Beide männlich. Direkt vor der Imbissbude. Und sie schienen sich auf die Seitentür zuzubewegen.

Castro stand auf und ging zu dem Lagerbereich. Zielstrebig trat er auf den Abstelltisch am Ende des Raums zu. Es türmte sich alles Mögliche darauf – Stapel Papiere, ungeöffnete Briefe, ein Wasserkocher, Becher, Klebeband, Schnur –, aber Castro schien zu wissen, wonach er suchte. Blitzschnell griff er in einen alten, verrosteten Werkzeugkasten und zog eine Brechstange und einen Hammer heraus.

»Was hast du vor?«, fragte ich und stand auf.

Er antwortete nicht, sondern kam zu mir rüber und hielt mir den Hammer hin. Ich nahm ihn und streckte dann die andere Hand aus.

»Gib mir die Brechstange«, sagte ich.

Er antwortete nicht.

»Ich nehm sie dir weg, wenn ich muss«, sagte ich und machte einen Schritt auf ihn zu. »Ich meine das ernst, Castro. Ich bin Polizistin, ich kann nicht –«

»Wenn die zwei draußen die aus dem Range Rover sind«, sagte er ruhig, »dann werden sie hier reinkommen und uns beide umbringen.«

»Ich wüsste nicht, wieso –«

»Wir waren beide im Auto, als Gillard und Dunn erschossen wurden. Wir sind Zeugen –«

»Wir haben das Gesicht des Schützen doch gar nicht gesehen –«

»Spielt keine Rolle. Der hat zwei Cops getötet. Er kann sich kein Risiko leisten.«

»Aber wir wissen doch gar nicht, ob wirklich einer von denen der Täter ist. Sie könnten sonst wer –«

»Heute Nacht kann uns jeder umbringen, kapier das endlich.«

Ich wusste, er hatte recht. Und ich verstand, was er meinte. Heute Nacht war die Stadt ein rechtloser Raum. Jeder konnte tun, was er wollte, ohne Angst vor Strafe.

»Okay«, sagte ich. »Aber das heißt doch nicht, dass wir einfach –«

Diesmal kam das Geräusch vom Ende des Flurs – ein heftiges Rappeln … ein dumpfer Schlag. Jemand versuchte sich an der Tür. Das Rappeln hörte für einen Augenblick auf, die Stille hielt an, dann krachte ein weiterer heftiger Schlag gegen die Tür.

Castro drehte sich zu mir um. »Leg dein Handy da drüben hin«, sagte er und deutete auf den Lagerbereich. »Und lass die Taschenlampe an.«

»Wieso?«

Ein weiterer Schlag krachte gegen die Tür, diesmal weniger dumpf – das Holz knackte und splitterte.

Ich nahm mein Handy und ging zu dem Lagerbereich hinüber.

»Leg es hinter irgendwas«, sagte Castro. »Dann sehen sie zwar das Licht, wenn sie reinkommen, aber nicht das Handy.«

Ich legte das Handy auf einen Stapel Pappkartons, der hinter einem etwas höheren zweiten Stapel versteckt war.

»Gut so?«, fragte ich Castro.

»Ja.«

Es krachte erneut gegen die Tür – das Holz splitterte weiter, dann ein metallisches Scheppern von einem geborstenen Riegel, der auf den Boden fiel …

»Duck dich da drüben«, sagte Castro und deutete von mir aus gesehen nach rechts. »Hinter die Kisten.«

»Was hast du –?«

Der Lärm der Tür, die zu Boden ging, war unverkennbar – ein stumpfer Knall von Holz auf Beton, ein letzter Rest von Geklapper, der erstarb, und im nächsten Moment spürte ich den schwachen Hauch der hereinwehenden Nachtluft. Die Frische war von Qualmgeruch durchsetzt.

»*Mach!*«, zischte mir Castro zu. »*Los!*«

Während ich zu den gestapelten Getränkekisten schlich und mich dahinter duckte, hörte ich, wie die zwei Männer den Laden vorn überprüften, genau wie wir es beim Reinkommen getan hatten. Ich suchte den Kistenstapel vor mir nach einem Spalt ab, damit ich hinaussehen konnte. Gleich links gab es eine schmale Lücke, und als ich mich leise nach vorn schob und mein Auge an den Spalt hielt, konnte ich den größten Teil des restlichen Raums einsehen – den Tisch in der Mitte, die gegenüberliegende Wand, den Durchgang zum Flur. Castro hatte sich nicht gerührt. Er stand weiter da, den Blick auf den Durchgang gerichtet und die Brechstange in der Hand …

Es fühlte sich nicht richtig an. Ich war eine Polizistin … Es war mein Job, Leute zu schützen, egal, wer oder was sie waren. Und trotzdem versteckte ich mich hinter einem Kistenstapel und überließ es Castro, allein mit zwei möglichen Killern fertigzuwerden. Was war mit mir los? Er war noch ein Kind, verdammt. Natürlich war das hier seine Welt und nicht meine, außerdem wusste er genau, was er tat, und war gut darin, während ich womöglich alles nur komplizierter machen würde –, aber das rechtfertigte nicht, mich zu verstecken und ihn allein zu lassen. Doch als ich durch den Spalt schaute und sah, wie er in die Mauernische rechts von dem Durchgang zurückwich – und seine schmale Gestalt irgendwie mit der Wand zu verschmelzen schien, sodass er beinah unsichtbar war –, wusste ich, es war zu spät, um irgendetwas zu unternehmen. Ich war hier, er war da und die zwei Männer kamen.

Ich packte den Hammer und wartete, die Augen fest auf den Durchgang gerichtet. Es gab keine Tür, nur eine türförmige Öffnung, und während ich einen halbwegs guten Blick durch den Spalt zwischen den Kisten hatte, konnte Castro von dort, wo er stand, den Durchgang gar nicht einsehen. Doch wer immer in den Durchgang trat, konnte auch ihn nicht sehen.

Ich schaute weiter.

Der fahle Lichtschein der Taschenlampe, der hinter den Pappkartons emporstieg, reichte aus, die unmittelbare Umgebung zu erhellen, aber der Rest des Raums war nur schemenhaft zu sehen. Andererseits war es auch nicht so dunkel, dass man gar nichts erkannte, und ich wusste, jeden Moment würde ich die zwei Männer im Durchgang sehen. Sie bewegten sich über den Flur, das hörte ich, kamen immer näher. Es lag kein Zögern in ihrem Schritt – kein Stocken, keine Furcht –, und ich hatte das Gefühl, dass sie völlig entspannt waren bei dem, was sie taten. Es war keine große Sache für sie. Einfach nur das, was sie taten.

Jetzt hatten sie fast den Durchgang erreicht.

Der Schein einer Taschenlampe blitzte auf und verschwand wieder – war da und im Bruchteil einer Sekunde wieder weg – und im nächsten Moment hörten die Schritte auf. Ich wartete, schaute, mein Herz pochte wie wild. Die Sekunden verstrichen. Nichts passierte. Und gegen alle Vernunft fing ich schon an zu glauben, dass sie wohl doch nicht ganz so entspannt waren. Vielleicht hatten sie langsam doch Zweifel und ich würde gleich hören, wie ihre Schritte auf dem Flur umkehrten und sich entfernten.

Zugleich war mir klar, dass das niemals geschehen würde.

Und natürlich geschah es auch nicht.

Der Erste kam mit einer Pistole in der Hand durch den Durchgang – die Arme nach vorn gestreckt, die Waffe in beidhändigem Griff –, und während er dastand und die Pistole durch den Raum schwenkte, trat auch der andere hervor. Er hatte keine Pistole, was wohl der Grund dafür war, dass er dem andern den Vortritt ließ. Doch er hatte ein Messer in der Hand. Es war nicht sehr groß, die Klinge vielleicht zehn oder zwölf Zentimeter lang, aber Messer müssen nicht lang sein, um tödlich zu sein. An der legeren Art, wie es er hielt – ganz locker an der Seite, als wenn er so dran gewöhnt wäre, dass es ihm gar nicht mehr richtig bewusst war –, erkannte ich, dass er es nicht bloß zur Schau stellte. Er würde es benutzen, ohne auch nur mit der Wimper zu zucken.

Die beiden standen jetzt einfach nur da – vier oder fünf Schritte im Raum – und starrten zu dem trichterförmigen Lichtschein von meinem Handy. Der mit der Pistole hielt sie noch immer ausgestreckt vor sich und zielte auf das Licht. Ich war keine Schusswaffenexpertin und das Licht war ohnehin zu schwach, um wirklich etwas zu sehen, doch eine Halbautomatik-Pistole erkannte ich schon, wenn ich sie sah. Beide Männer hatten ihre Kapuze nach oben gezogen und ein Tuch überm Gesicht, deshalb konnte ich nur ihre Augen erkennen. In den Augen war nichts, nur Kälte.

»Was meinst du?«, fragte der mit dem Messer leise, während er weiter in Richtung des Lichts starrte.

Der mit der Pistole überlegte einen Moment, seine Augen und seine Hand zuckten kein einziges Mal, und als er antwortete – ohne den anderen anzusehen –, klang seine Stimme ganz ruhig und gefasst. »Sieh nach«, sagte er. »Ich geb dir Rückendeckung.«

Der mit dem Messer zögerte einen Moment, warf dem Pistolenmann einen Blick zu und wollte, glaube ich, fragen: *Wieso ich? Warum guckst du nicht selbst nach?*, aber dann überlegte er es sich anscheinend anders und ging mit einem leichten Kopfschütteln auf das Licht zu. Offenbar ahnte er nicht, dass ich da war – er hatte jetzt nur noch Augen für das Licht –, doch das beruhigte mich nicht. Ich sah nur, wusste nur, dass der Typ mit dem Messer direkt auf mich zukam und mich jeden Moment sehen musste.

Ich schaute zu der Nische hinüber und überlegte, was Castro vorhatte. Er hatte wohl darauf gesetzt, dass beide zusammen auf das Licht zugehen würden, sodass sie ihm, wenn er sich aus dem Schatten löste, den Rücken zuwandten. Ihre Aufmerksamkeit wäre dann voll auf das Licht ausgerichtet, und sie stünden dicht genug beieinander, um beide gleichzeitig zu erledigen.

Aber das war jetzt nicht möglich.

Der mit dem Messer hatte den Lagerbereich fast erreicht, er würde mich jeden Moment entdecken. Und der mit der Pistole stand immer noch auf der anderen Seite des Raums. Ich spannte meinen Griff um den Hammer. Jetzt war ich froh, ihn zu haben. Ich wusste nicht, was ich mit ihm machen würde – ich war nicht mal sicher, ob ich mich überwinden könnte, ihn tatsächlich zu benutzen –, doch sein Gewicht in der Hand zu spüren, war deutlich besser, als überhaupt nichts in Händen zu haben.

Dann schien alles gleichzeitig zu passieren.

Der mit dem Messer trat auf die Pappkarton-Stapel zu, spähte über das obere Ende, sah das Handy, spürte im selben Moment meine Gegenwart und drehte sich zu mir. Und als seine Augen in meine blickten und mich mit einer trägen Kälte ansahen, gab es plötzlich eine huschende Bewegung am anderen Ende des Raums. Ich sprang hinter den Kisten auf, um mitzubekommen, was los war – mir vage bewusst, dass sich auch der Typ mit dem Messer umschaute –, und sah, wie Castro am anderen Ende des Raums dem Pistolenmann von hinten zu Leibe rückte, die Brechstange hoch in der Hand. Der mit der Pistole musste ihn gehört haben und schwang schon herum, die Pistole bereit. Castro bewegte sich flink, kam schnell näher, doch er würde es niemals schaffen. Es waren noch drei, vier Meter und der Pistolenmann hatte ihn schon im Visier. Er musste nur einfach noch abdrücken. Dann machte Castro eine Bewegung, wich plötzlich nach links, und als der Pistolenmann reagierte – sein Ziel erneut ins Visier nahm –, sprang Castro nach rechts zurück und warf die Brechstange, schleuderte sie schnell und mit voller Wucht gegen den Schädel des Gegners. Der konnte nicht mehr reagieren und die Brechstange traf ihn voll ins Gesicht. Er stieß ein Knurren aus vor Schmerz, die Waffe fiel ihm aus der Hand und schlitterte über den Boden. Castro sprang hinterher, aber irgendwie war der Pistolenmann noch auf den Beinen und sprang ebenfalls. Castro war schneller, doch gerade als er sich bückte, um nach der Waffe zu greifen, warf sich der andere auf ihn und beide knallten zu Boden.

Ich konnte nicht erkennen, was als Nächstes geschah. Die beiden waren am Boden, kämpften in einem Gerangel aus Armen und Beinen, und selbst wenn ich direkt danebengestanden und genau zugeschaut hätte, wäre kaum zu entscheiden gewesen, was dort passierte. Aber ich stand nicht mehr einfach da und sah zu. Nach einem kurzen Blick auf mich war der Typ mit dem Messer losgespurtet, um seinem Partner zu helfen, und einen Sekundenbruchteil später war ich über die Kisten gehechtet und ihm hinterher. Er merkte fast sofort, dass ich ihm auf den Fersen war. Plötzlich wirbelte er herum und ging mit dem Messer auf mich los. Es passierte so schnell – alles in einem einzigen verschwommenen Moment –, dass es mir nur so eben noch gelang, stehen zu bleiben und mich vor dem Messerstich wegzuducken. Ich wusste, dass er noch nicht fertig war. Er warnte mich nicht bloß und zwang mich zurückzuweichen. Ich sah es in seinen Augen. Er hatte die Lage falsch eingeschätzt, als er glaubte, mich ignorieren zu können, um seinem

Partner zu helfen, und jetzt versuchte er, seinen Fehler zu korrigieren. Er stürzte nicht auf mich zu, sondern kam kontinuierlich näher, steuerte mit dem Messer auf mich los. Ich wich weiter zurück, und er musste annehmen, dass ich das so lange tun würde, bis es keine Möglichkeit mehr gab, deshalb war er nicht vorbereitet, als ich plötzlich nach vorn sprang und mich ihm entgegenwarf. Er geriet aus dem Gleichgewicht, und als er versuchte, sich zu fangen und das Messer wieder ins Spiel zu bringen, schwang ich den Hammer so fest ich nur konnte und rammte ihn gegen seinen Ellenbogen. Er schrie auf, ließ das Messer fallen, taumelte nach hinten und umklammerte seinen Arm.

»Fuck, verdammt«, schrie er. »Du hast mir den scheiß Arm gebrochen!«

Der Kampf war ihm jetzt aus dem Blick geraten, und ich war mir fast sicher, dass er nicht versuchen würde, wieder an das Messer zu kommen, aber es hatte keinen Sinn, irgendwas zu riskieren. Ich beugte mich runter, nahm es hoch und steckte es in meinen Stiefel. Und genau da, gerade als ich mich wieder aufrichtete, hörte ich plötzlich den Schuss. Er kam von der anderen Seite des Raums, wo Castro und der Pistolenmann auf dem Boden gekämpft und um die Pistole gerungen hatten. Sie waren noch immer am Boden, doch sie kämpften nicht mehr um die Waffe. Castro lag auf dem Rücken, der mit der Pistole zusammengesackt über ihm und keiner von beiden regte sich. Ich verstand das zuerst überhaupt nicht. Ich dachte, sie wären beide tot. Aber wie konnte das sein? Dann rührte sich Castro, rollte sich zur

Seite, drückte den mit der Pistole von sich weg und der Körper sackte auf den Boden.

Die Kugel hatte den Pistolenmann in die Brust getroffen.

Und Castro hielt die Pistole in seiner Hand.

Er warf einen Blick auf die Leiche, dann stand er auf und sah zu mir rüber. Seine Augen waren leer, ohne jede Empfindung. Er hatte getan, was er tun musste. Das war alles. Los, weiter.

Dann wanderte sein Blick zu dem Mann mit dem Messer, und als er die Waffe hob und auf ihn zielte, hatte ich keinen Zweifel, dass er ihn töten wollte. Und er würde auch keine Worte an ihn verschwenden, sondern ihn einfach erschießen.

Der mit dem Messer wusste das auch. Er stand nur erstarrt da und sah Castro stumm an – den Mund halb offen, die Augen leer, die Schmerzen vergessen.

Ich stellte mich vor ihn.

»Nimm die Pistole runter«, sagte ich zu Castro und sah ihm in die Augen.

Er rührte sich nicht, sagte nichts.

»Er ist keine Bedrohung mehr für uns«, sagte ich. »Du musst ihn nicht töten.«

Es kam immer noch nichts von Castro. Keine Antwort, keine Reaktion … kein Wahrnehmen. Es war, als wenn er ein anderer Mensch wäre, ein anderer Castro … ein Castro, der mich nicht kannte. Ich war für ihn nichts, nur ein Gegenstand, so bedeutungslos wie ein Stein, ein Tisch oder die Leiche vor seinen Füßen. Es hatte keinen Sinn, zu versuchen, mit ihm vernünftig zu reden.

»Bleib hinter mir«, sagte ich zu dem Mann mit dem Messer und hielt den Blick weiter auf Castro gerichtet. »Wenn ich mich bewege, bewegst du dich mit. Okay?«

»Und wenn er dich abknallt?«

»Willst du hier raus oder nicht?«

»Ich mein ja nur –«

»Lass es. Halt einfach die Klappe und bleib hinter mir.«

Ich machte mich langsam auf den Weg Richtung Durchgang – schob mich seitwärts, die Augen fest auf Castro gerichtet ... die Arme weit zur Seite gestreckt, um den mit dem Messer zu schützen ... und fragte mich die ganze Zeit, was Castro tun würde. Er hatte die Pistole nicht gesenkt. Er hielt sie weiter auf uns gerichtet und folgte mit ihr jedem unserer Schritte. Und ich wusste tatsächlich nicht, ob er abdrücken würde. Aber er war dazu in der Lage, das wusste ich sehr genau. Er könnte es, keine Frage. Er könnte mich erschießen. Erst mich, dann den mit dem Messer. Kein Problem. Doch je weiter wir gingen, ohne dass Castro abdrückte, desto mehr fing ich an zu glauben, dass er *nicht* schießen würde. Und als wir den Durchgang erreichten, war ich mir beinahe sicher, dass nichts passieren würde. Wenn doch, dann musste er es jetzt tun. Und ich sah, dass sein Finger noch immer am Abzug lag. Er musste nur abdrücken.

Vor dem Durchgang blieb ich stehen. Ich sah noch immer zu Castro, der mit dem Messer war immer noch hinter mir.

»Geh«, sagte ich ihm.

»Was ist, wenn er hinter mir herkommt?«

»Wird er nicht.«

»Mein Arm ist kaputt. Ich kann nicht –«

»Geh jetzt, okay? Bevor ich es mir noch anders überlege.«

Kurz war es still – der mit dem Messer wog seine Möglichkeiten ab –, danach hörte ich, wie er sich von mir wegschob … langsam, vorsichtig … den Durchgang rücklings passierte … dann erklangen seine eiligen Schritte den Flur entlang, durch die eingetretene Tür hinaus in die Nacht.

Castro senkte die Waffe. Er sagte nichts, stand eine Weile nur da und schaute zu Boden. Dann schob er die Pistole wortlos hinten in seine Jeans und kniete sich neben die Leiche des Typen, dem die Waffe gehört hatte. Als er anfing, die Taschen des Mannes zu kontrollieren, war mein erster Impuls, ihm zu sagen, er solle das bleiben lassen – er kontaminierte schließlich einen Tatort. Doch ich wusste, er würde nicht auf mich hören, und es schien ohnehin nicht mehr wichtig. Ich beobachtete ihn kurz, dann ging ich hinüber und stellte mich zu ihm.

Er hatte aufgehört, die Taschen zu durchsuchen, hockte jetzt einfach bloß da und starrte gedankenlos auf die Leiche.

»Hast du was gefunden?«, fragte ich.

Er schüttelte den Kopf. »Kein Handy, kein Ausweis … nichts.«

»Meinst du, das ist der Kerl, der Gillard und Dunn erschossen hat?«

»Kann sein … schwer zu sagen. Größe und Körperbau passen in etwa und er trägt im Prinzip auch das Gleiche – Kapuze, Jogginghose und -jacke, Tuch. Aber wenn du danach gehst, kann es jeder gewesen sein, oder?«

Er streckte die Hand aus und zog das Tuch weg, mit dem das Gesicht des Toten bedeckt war. Aus irgendeinem Grund hatte ich angenommen, der Typ wäre so Anfang zwanzig oder vielleicht etwas älter, doch jetzt, als ich sein Gesicht sah, wurde mir klar, dass er nicht älter als siebzehn oder achtzehn sein konnte. Er hatte nichts Mörderisches an sich. Nichts Böses, nichts Monsterhaftes. Er war einfach nur ein Jugendlicher ... einfach tot.

»Kennst du ihn?«, fragte ich Castro.

»Nein.«

Wir standen beide auf, Castro zog die Pistole aus der Tasche und checkte sie kurz durch – öffnete das Magazin, klickte es wieder ein, zog am Verschluss, um zu schauen, ob eine Patrone in der Kammer war –, dann steckte er die Waffe zurück in die Jeans und drehte sich zu mir um.

»Hol dein Handy«, sagte er. »Wir müssen weg.«

»Wieso? Ich dachte, du hast gesagt –«

»Was glaubst du wohl, wo der jetzt hin ist?«

»Wer?«

»Der, den du hast laufen lassen.«

»Keine Ahnung ... wahrscheinlich ins Krankenhaus.«

Castro schüttelte den Kopf. »Als Erstes geht der zu seiner Gruppe und erstattet Bericht. Er wird ihnen sagen, dass ich seinen Partner erschossen hab. Und ihnen erzählen, wo wir sind. Vielleicht hat er's schon längst getan.«

»Woher weißt du, dass er zu einer Gruppe gehört?«

Castro schaute zu der Leiche am Boden. »Er ist nicht von hier. Sonst würd ich ihn kennen. Wo immer die zwei her sind, sie sind bestimmt nicht allein gekommen. Und die anderen, wer auch immer die sind, suchen uns jetzt. Wir müssen weg sein, bevor sie hier aufkreuzen.«

Er hatte nichts Verurteilendes, nichts, was darauf hindeutete, dass er mir die Schuld gab. Doch als ich zu den Kisten ging, um mein Handy zu holen, und ihm dann durch den Flur folgte, raus in die Nacht, wusste ich, was er von mir denken musste. Und ich wusste auch, er hatte recht. Indem ich den mit dem Messer hatte gehen lassen, statt dass Castro ihn erschoss, hatte ich unser eigenes Leben aufs Spiel gesetzt. Und für Castro machte das überhaupt keinen Sinn. Man kümmert sich um sich selbst, egal, was passiert. Gnade wird nicht gegeben und nicht erwartet. Gnade ist Schwäche und Schwäche ist tödlich.

NEUN

Ich frage mich manchmal, was ich in dieser Nacht getan hätte, wenn mir damals klar gewesen wäre, was ich heute weiß. Hätte ich Castro trotzdem daran gehindert, den mit dem Messer zu töten? Oder hätte ich es geschehen lassen?

Aber eine Antwort finde ich nie.

Und am Ende sage ich mir jedes Mal, dass es sowieso egal ist, denn ich wusste damals eben nicht, was ich jetzt weiß, und was passiert ist, ist passiert. Mehr gibt es dazu nicht zu sagen …

Trotzdem stelle ich mir immer wieder die Frage.

. . .

Nachdem wir die Imbissbude verlassen hatten, liefen wir Richtung Osten. Einstweilen war das für uns beide der Weg zurück. Für Castro der Weg zurück in die Cape Town und für mich der Weg zurück aufs Revier. Wir wussten beide, dass irgendwann der Moment kommen würde, an dem Castro die eine Richtung und ich eine andere würde einschlagen wollen – und in dem Moment wäre ich verpflichtet, alles zu tun, was in meiner Macht stand, ihn festzusetzen und in Gewahrsam zu nehmen.

Aber wir wussten auch beide, dass es keinen Sinn machte, darüber nachzudenken, ehe es so weit war. Im Moment zählte nur, am Leben zu bleiben.

Das östliche Ende der Clapham Common lag wahrscheinlich ungefähr vierhundert Meter entfernt, vielleicht noch etwas weiter, und wenn wir auf direktem Weg und in normalem Tempo gegangen wären, hätten wir es in gut fünf Minuten geschafft. Aber da wir nicht entdeckt werden wollten, blieb uns nichts anderes übrig, als die Hauptwege zu meiden und jede Deckung zu nutzen, die wir nur finden konnten. Und wir mussten auch immer wieder anhalten und uns etwas Neues überlegen. Jedes Mal, wenn wir etwas sahen oder hörten, mussten wir stehen bleiben und Schutz suchen – oder, wenn es keinen Schutz gab, uns einfach ducken und absolut still verhalten. Wir brachen erst wieder auf, wenn wir wussten, dass keiner mehr da war. Das heißt, wir kamen gelinde gesagt nur sehr langsam vorwärts. Aber langsam war besser als tot.

Die Grünanlage war weitgehend verwaist – eine Oase finsterer Leere inmitten der von den Ausschreitungen gebeutelten Straßen –, doch sie war nicht ganz ohne Leben. Wir sahen Gruppen von Gang-Kids, die genau zu wissen schienen, wo sie hinwollten; wahrscheinlich nutzten sie die Clapham Common als Abkürzung oder nahmen diesen Umweg, um nicht entdeckt zu werden. Und gelegentlich stießen wir auch auf Gruppen, die wirkten, als würden sie nur abhängen – sie redeten, rauchten, tranken und lachten … führten vor, was sie erlebt hatten oder wovon sie zumindest behaupteten, es erlebt zu haben: Schlägereien, Messerstechereien oder so. Die meisten dieser Gang-Kids waren männlich, und die einzigen beiden Mädchen, die ich sah, waren einfach kleine Mädchen, nicht älter als zwölf, dreizehn Jahre. Die Gruppen hingen nicht lange ab – höchstens fünfzehn oder zwanzig Minuten –, und als ich Castro fragte, was sie da machten, erklärte er mir, sie wollten wahrscheinlich bloß kurz mal ausruhen.

»Ausschreitungen sind harte Arbeit«, fügte er hinzu. »Die schnaufen kurz durch, dann geht es weiter.«

Ich sah ihn an, nicht sicher, ob er einen Witz machte. Wenn, dann versteckte er ihn zumindest gut. Doch ich wusste, das hieß überhaupt nichts. Wenn Castro nicht wollte, dass du die Wahrheit sahst, sahst du sie nicht. Das hielt mich jedoch nicht ab, trotzdem weiterzusuchen.

■ ■ ■

Es war vermutlich inzwischen gegen ein Uhr morgens und wir waren nicht mehr so weit vom Ausgang im Osten der Clapham Common entfernt. Er war schon in Sicht, ungefähr hundert Meter voraus – ein zweiflügeliges Tor, das sich in einer schwarzen Umzäunung öffnete. Trotz der Dunkelheit war es deutlich zu sehen, erhellt von den Lichtern dahinter – Straßenlaternen, brennenden Autos, dem orangen Widerschein des Feuers, der über der Stadt lag.

Wir entdeckten die Gruppe von jungen Männern gerade in dem Moment, als wir das Ende eines schmalen Pfads erreichten, der auf beiden Seiten von Bäumen und Buschwerk gesäumt war. Es waren etwa zwanzig. Einige mit Kapuze und Tuch vor dem Mund, andere nicht. Die meisten waren noch ziemlich jung – sechzehn, siebzehn, achtzehn –, aber einige wenige auch schon in den Zwanzigern. Sie standen um ein paar Bänke am Hauptweg herum, etwa fünfzig Meter vom Tor entfernt. Zwischen ihnen und uns gab es keine Deckung – wir konnten unmöglich an ihnen vorbei zu dem Tor gelangen, ohne dass sie uns sahen. Also blieb uns nur übrig, entweder darauf zu warten, dass sie irgendwann aufbrachen, so wie wir es vorher schon bei anderen Gruppen getan hatten, oder den Weg zurückzugehen und einen anderen Ausgang zu suchen.

Wir mussten nicht lange überlegen.

Zurück kam nicht infrage.

Wir zogen uns in den Schutz der Bäume zurück, fanden einen guten Blickwinkel hinter einer dichten Reihe von Büschen – von dort konnten wir zwar die Gang sehen, sie aber nicht uns –, ließen uns nieder und warteten ab.

Fünf Minuten …

Zehn Minuten …

Kein Anzeichen, dass sie aufbrechen wollten.

Weitere fünf Minuten …

Immer noch nichts.

»Was denkst du?«, fragte ich Castro leise.

»Die gehen, wenn sie so weit sind.«

Ich schaute hinter sie – über die Grünanlage hinweg –, checkte die Straßen, die Häuser, die schwelende Außenhaut eines Bürogebäudes. Von irgendwoher war ein leises Brummen zu hören, ein beharrliches Summen wie von einem Bienenschwarm ... das Geräusch wurde mit jeder Sekunde lauter. Und dann sah ich sie – einen Haufen Jungs auf ihren Mopeds. Etwa zu zehnt jagten sie die Straße entlang, die direkt an der Clapham Common vorbeiführte. Dann schwenkten sie nach rechts und verschwanden in einer Seitenstraße. Kurz darauf kam ein Wagen in Sicht. Er röhrte mit Vollgas und aufgeblendeten Scheinwerfern die Straße entlang. Als er mit quietschenden Reifen in die Seitenstraße einscherte, schlingerte er und hätte fast eine Mauer gerammt, doch im allerletzten Moment fing er sich noch und raste hinter den Mopeds her.

Ich schaute zu den jungen Männern bei den Bänken zurück. Einige hatten sich umgedreht, um nach dem Wagen und den Mopeds zu sehen, doch die meisten schienen nicht sonderlich interessiert. Sie hingen noch immer bloß ab, redeten, rauchten, tranken und lachten und ich roch den vertrauten moschusartigen Geruch von Cannabis.

»Keine Handys«, sagte Castro.

»Was?«

»Sie schauen nicht auf ihre Handys.«

Er hatte recht. Ich hatte zwei oder drei gesehen, die es taten, aber normalerweise klebten in so einer Gruppe viele, wenn nicht die meisten wie festgeleimt an ihren Displays. Und bei so einem Aufruhr hätten sie noch viel mehr draufschauen müssen als sonst. Aber sie schauten nicht. Und da musste ich zugeben, dass Castro wahrscheinlich recht hatte – die Handynetze waren wirklich gekappt worden.

»Weißt du, wer die sind?«, fragte ich ihn, während ich weiter zu der Gruppe hinüberschaute.

Er nickte. »Stock 9.«

»Aus Peckham?«

»Ja.«

»Die sind mit den CTK verbündet, stimmt's?«

»Nicht mehr.«

»Seit wann das?«

»Seit Vidious umgebracht wurde.«

Danach schwiegen wir eine Weile, und ich fragte mich, ob es wohl etwas bedeutete, dass er Vidious erwähnt hatte. Wenn er Vidious tatsächlich umgebracht hatte, würde er den Namen dann so locker erwähnen, obwohl es ganz leicht vermeidbar gewesen wäre? Oder hatte er es absichtlich getan, weil er genau wusste, dass ich dann glauben würde, er hätte ihn *nicht* umgebracht? Ich wusste es nicht. Ich wusste nicht mehr, was ich denken sollte. Es gab keinen Zweifel in mir, dass Castro fähig war, jemanden zu töten. Ich hatte nicht wirklich gesehen, wie er den mit der Pistole erschoss, deshalb wusste ich auch nicht, ob es Selbstverteidigung gewesen war oder ein Unfall – weil die Pistole losging, als sie miteinander rangen – oder ob er dem Typen in voller Absicht und ohne Zögern in die Brust geschossen hatte. Doch ich hatte den Blick in seinen Augen gesehen, als er die Pistole gegen den Mann mit dem Messer richtete, und wusste, dass ihm das Leben nichts bedeutete. Er konnte es beenden oder belassen … sein eigenes genauso wie das jedes andern.

Für eine Weile bekam ich die Erinnerung an diesen

Moment nicht mehr aus dem Kopf. Wie er mich angesehen hatte, als ich mich vor den Mann mit dem Messer stellte. Seine leeren Augen, dieses Nichts in seinem Innern … keine Antwort, keine Reaktion … kein Wahrnehmen. Ich hatte das Gefühl gehabt, als würde er mich nicht kennen … dass ich nichts für ihn war, einfach nur ein Gegenstand. Aber jetzt fragte ich mich, ob es vielleicht weniger darum ging, dass er mich nicht mehr *kannte*, sondern eher darum, dass er nicht begriff, was ich tat. Er verstand es nicht. Er verstand nicht das Gefühl, das es in ihm auslöste.

»Ich musste es tun«, sagte ich leise.

»Was?«

»Das mit dem Messertypen … ich konnte nicht einfach danebenstehen und zusehen, wie du ihn tötest.«

»Ich weiß.«

»Ich bin Polizistin. Es ist mein Job –«

»Schon gut«, sagte er. »Ist vorbei. Mach dir keine Gedanken deswegen.«

»Ich mach mir keine *Gedanken* deswegen. Ich hab's nur gesagt, sonst nichts.«

»Okay.«

Plötzlich war da irgendwas an ihm – in seinem Benehmen, seiner Haltung –, das mich störte. Ich wusste nicht, was es war. Er hatte nichts Ungewöhnliches gesagt. Er hatte mir zugehört. Er hatte mich verstanden. Er war absolut vernünftig gewesen. Aber vielleicht war es genau das. Er war *zu* vernünftig, *zu* verständnisvoll, *zu* bereit, zu vergessen und zu vergeben. Ich hatte keine Ahnung, wieso mich das störte – wär es mir lieber gewesen, er hätte *un*vernünftig reagiert? –, und ich verstand auch nicht, wieso ich überhaupt so lange darüber nachdachte. Es hatte mit nichts was zu tun. Es war unsinnig. Es war das Kind in mir. *Denk nicht über die großen Dinge nach, das ist zu schwer. Denk lieber an die kleinen Dinge.*

Ich sah Castro an. Sein Blick war mit der Entschlossenheit eines Jägers auf die Stock-9er fixiert. Ich sah, wie er nach links blickte und die Gegend konzentriert absuchte, um seine Aufmerksamkeit dann wieder auf die Gruppe zu richten.

»Da ist etwas, das ich nicht verstehe«, sagte ich zu ihm.

»Ja?«, antwortete er, ohne den Blick von den jungen Männern zu wenden.

»Du hättest den Kerl mit dem Messer ja trotzdem stoppen können, oder?«

»Wie meinst du das?«

»Du hättest ihn erschießen können, wenn du gewollt hättest.«

Er schüttelte den Kopf. »Du hast dich vor ihn gestellt, weißt du nicht mehr? Du hast mich gehindert, ihn zu erschießen.«

»An irgendeinem Punkt musst du trotzdem einen guten Schusswinkel gehabt haben. Er kann unmöglich die ganze Zeit mit mir synchron gelaufen sein.«

»Du hast zu viele dämliche Actionfilme gesehen. Wenn ich da versucht hätte zu schießen, hätt ich stattdessen womöglich dich erwischt.«

»Und?«

Er runzelte die Stirn. »Und was?«

»Was macht dir das aus, ob du mich erschießt?«

Er antwortete nicht.

»Das ist es, was ich nicht verstehe«, redete ich weiter. »Ich meine, was kümmere ich dich? Ich bedeute doch gar nichts für dich. Du schuldest mir nichts. Ich bin Polizistin. Ich versuch dich wegen Mord einzubuchten. Du hättest bloß erst mich erschießen müssen und danach den mit dem Messer, dann wär alles gut gewesen. Niemand hätte gewusst, wo du steckst. Du hättest in dem Imbiss bleiben können, bis der Tumult vorbei ist, und dann zurück in die Cane Town gekonnt. Aber du hast mich *nicht* erschossen. Du hast gar nichts gemacht. Du hast bloß dagestanden und mich beobachtet, ohne ein Wort zu sagen, du hast nicht mal *versucht*, mich aufzuhalten … dabei wusstest du die ganze Zeit, dass ich uns beide in tödliche Gefahr bringe, wenn ich den Typ mit dem Messer gehen lasse.« Ich unterbrach mich, holte Luft und starrte ihn mit einem strengen Blick an. »Das ergibt doch keinen Sinn. Oder vielleicht ja doch … vielleicht überseh ich ja irgendwas. Was glaubst du? Hab ich was falsch verstanden? Hab ich *dich* falsch verstanden?«

»Ist das wichtig?«

»Ja, das *ist* wichtig.«

Er seufzte. »Du kannst dir echt nicht vorstellen, dass du dich in mir irrst, was?«

Ich zuckte die Schultern. »Ich weiß, was du bist.«

»Ja, und ich weiß, was *du* bist. Aber *was* du bist, ist nicht, *wer* du bist, oder?«

»Worauf willst du hinaus?«

»Vielleicht bin ich ja nicht so böse, wie du denkst.«

»Was?«

»Ich hab gesagt, vielleicht bin ich ja nicht so böse –«

»Ja, ich hab gehört, was du gesagt hast. Ich kann es nur leider nicht glauben.«

»Wieso nicht?«

»Verdammt, du hast gerade jemanden umgebracht.«

»Es hieß er oder ich. Ich hatte keine Wahl. Was hätte ich denn tun sollen? Zulassen, dass er *mich* tötet? Hättest du das so gemacht?«

»Vielleicht nicht ... doch wenn ich ihn hätte töten müssen, wär das nicht möglich gewesen, ohne irgendeine Spur in mir zu hinterlassen, da bin ich mir sicher. Aber du...« Ich erinnerte mich noch einmal an den Moment unmittelbar nachdem er den Pistolenmann erschossen hatte – kein Gefühl, keine Reaktion ... gar nichts. »Dir hat das nichts ausgemacht, oder? Es hat für dich null bedeutet.«

»Das weißt du nicht«, antwortete er. »Du weißt nicht, was in mir drinnen vorgeht.«

»Dann sag's mir. Wieso hast du *mich* nicht erschossen? Und überhaupt, wieso hast du mich nicht in dem Auto zurückgelassen? Wieso bist du immer noch da und hilfst mir? Du musst doch einen Grund haben.«

Er starrte mich einen Augenblick an, dann schüttelte er den Kopf, drehte sich weg und murmelte irgendwas vor sich hin. Ich konnte nicht verstehen, was er murmelte, doch ich beließ es dabei. Er blickte jetzt wieder zu den Stock-9ern hinüber. Obwohl er genauso fokussiert und zielgerichtet wie vorher wirkte, schien ein Teil von ihm über das nachzudenken, was ich gesagt hatte, und zu überlegen, wie er darauf reagieren sollte. Mich anlügen? Mir die Wahrheit sagen? Mich anlügen *und* die Wahrheit sagen?

Ich wartete.

Überlegte …

Ist das wichtig?

Ja, das ist wichtig.

Wieso?

Als Castro schließlich antwortete – mit leiser, ruhiger Stimme –, hielt er den Blick dabei weiter auf die Gruppe bei den Bänken fixiert. »Du bist die Einzige, die weiß, dass ich Gillard und Dunn nicht umgebracht hab. Deswegen brauch ich dich. Sonst hab ich doch keine Chance, oder?«

Ich brauchte einen Moment, ehe ich begriff, was er meinte, aber als es endlich ankam, schien es so klar, dass ich kaum fassen konnte, wieso ich nicht selbst drauf gekommen war. Es war vielleicht ein bisschen übertrieben zu behaupten, dass er ohne mich keine Chance hatte, aber alle Indizien sprachen gegen ihn. Die Autopsie würde zeigen, dass jemand Gillard und Dunn erschossen hatte, bevor der Wagen angezündet wurde. Und wenn man dies kombinierte mit der Tatsache, dass die beiden unmittelbar vor ihrem Tod Castro wegen Mordverdacht in Gewahrsam genommen hatten und dass sein vermeintliches Opfer ebenfalls erschossen worden war …

Nein, es sah wirklich nicht gut aus für Castro.

Und es hätte noch schlechter für ihn ausgesehen, wenn er mich im Auto zurückgelassen hätte und ich auch auf dem Tisch des Pathologen gelandet wäre. Drei tote Cops, zwei davon mit derselben Waffe erschossen, die auch den Typen mit der Pistole erledigt hatte ...

Castro brauchte mich, um seine Unschuld zu beweisen.

Und das hieß, er musste dafür sorgen, dass ich am Leben blieb.

So einfach war das ... das war der ganze Grund. Deshalb hatte er mich nicht in dem Wagen zurückgelassen, deshalb war er noch immer bei mir, deshalb half er mir. Und deshalb hatte er mich nicht erschossen, als ich den mit dem Messer schützte. Ich war nützlich für ihn. Das war alles. Ich war sein Freifahrtschein aus dem Gefängnis. Nichts weiter.

Ich hätte es wissen müssen ...

Kriminelle denken immer nur an sich, Castro war da nicht anders. Wieso auch? Er *war* ja ein Krimineller.

Ich hätte es wissen müssen ...

Und am schlimmsten war, dass ich es tatsächlich gewusst *hatte*. Ich hatte es die ganze Zeit gewusst. Aber in meinem Innern gab es etwas irgendwie Unerklärliches, das sich an die vage Hoffnung geklammert hatte, Castro wäre eben nicht wie alle andern. Auch wenn es nichts daran änderte, wer er war und was er getan hatte, bildete ich mir ein, in ihm irgendetwas Besonderes zu spüren. Obwohl es ihn keinen Deut weniger zum Kriminellen machte, bedeutete es mir trotzdem etwas ...

Aber er war nicht anders.

War es nie gewesen und würde es niemals sein.

Er war einfach ein eigennütziger Verbrecher wie alle andern.

»Wieso glaubst du, dass ich nicht einfach behaupte, du hättest Gillard und Dunn erschossen?«, fragte ich ihn.

»Warum solltest du das tun?«

»Du tötest Menschen. Du hast es verdient, hinter Gitter zu kommen. Kein Schwein würde stören, wenn du im Gefängnis sitzt für etwas, das du nicht getan hast.«

»Aber dich schon.«

»Glaubst du?«

Er lächelte. »Das würdest du einfach nicht tun.«

»Wieso nicht?«

»Du bist eine von den Guten.«

Er sagte es ohne Hohn oder Sarkasmus und er meinte es auch nicht als Kompliment. Er sagte es als Tatsache. Ich war nicht sicher, ob »gut« das richtige Wort war, aber ich wusste, was er meinte. Und er hatte recht. Egal, was er getan hatte, egal, wie unentschuldbar es war, und egal, wie moralisch gerechtfertigt es sein mochte, ihn mit einer Falschaussage in den Knast zu bringen: Ich wusste genau, dass ich das niemals könnte. Nicht weil ich »gut« war, sondern einfach, weil so was falsch ist.

»Du weißt aber schon, dass du noch immer verhaftet bist wegen dem Mord an Vidious?«, sagte ich. »Dafür kannst du mich nicht als Freifahrtschein benutzen.«

»Ich brauch keinen Freifahrtschein. Ihr habt keine Beweise, keine Spuren, keine Waffe, keine Zeugen … ihr habt nichts gegen mich in der Hand, also brauch ich auch keinen Freifahrtschein.«

»Aber du sagst auch nicht wirklich, dass du es nicht warst, oder?«

»Das muss ich nicht.«

»Ich weiß, dass du das nicht *musst*, aber es wär das, was die meisten sagen würden, wenn man ihnen zu Unrecht vorwirft, jemanden umgebracht zu haben. Die Frage, ob sie es sagen *müssen*, käme ihnen gar nicht in den Sinn.

»Ich bin nicht die meisten.«

»Aber du bist auch nicht unschuldig.«

»Wer ist das schon?«

»Das ist ein armseliges Argument und das weißt du genau. Es besteht ein riesiger Unterschied zwischen –«

»*Kopf runter!*«

Ich hörte den Wagen und die Lichter einen Sekundenbruchteil bevor Castro meinen Arm packte und mich mit zu Boden zog. Und als wir dort zusammen hockten und durch die Büsche spähten, sah ich, wie sich die Scheinwerfer in unsere Richtung drehten.

ZEHN

In meinem kurzen Leben als Polizistin habe ich schon viel erlebt. Ich habe Ausmaße von Brutalität gesehen, die niemand für möglich halten würde, und es gibt nicht mehr viel, was mich noch ernsthaft überraschen kann. Doch auch wenn das, was in dieser Nacht in der Clapham Common passierte, physisch nicht das Schockierendste war, was ich je gesehen habe, traf es mich härter als alles zuvor.

• • •

Bei dem Wagen handelte es sich um einen Pick-up. Die Scheinwerfer waren voll aufgeblendet und auf dem Dach der Fahrerkabine war zusätzlich eine Reihe greller Strahler montiert. Zuerst bewegte sich der Pick-up auf dem Hauptweg der Anlage – Richtung Osten auf das Tor zu –, doch inzwischen hatte er seinen Kurs geändert. Er fuhr jetzt in unsere Richtung und wurde langsamer. Er war nicht mehr weit weg, höchstens vierzig Meter vielleicht, doch durch die grellen Lichter konnte man unmöglich sehen, wer in der Kabine saß. Auf der Ladefläche des Pick-ups befanden sich noch mehr Scheinwerfer – zwei einzelne, unglaublich helle Spotlights – und diese beiden waren nicht starr auf dem Wagen montiert. Die starken Strahlen bewegten sich unabhängig von dem Pick-up und schnitten wie Suchscheinwerfer durch die Dunkelheit. Was immer sie waren – Handstrahler oder tragbare Flutlichter –, die Dinger wurden jedenfalls eindeutig von Hand bedient, es musste also mindestens zwei weitere Leute oben auf der Ladefläche geben.

Der Wagen war nicht vollkommen zum Stillstand gekommen, doch er fuhr auch nicht wirklich weiter. Er diente quasi als riesige Taschenlampe – der Fahrer steuerte den Wagen so langsam und gleichmäßig wie möglich nach rechts und schwenkte die Scheinwerfer mit Zeitlupentempo in einem Bogen den ganzen baumbestandenen Weg entlang. Einer der hinteren Scheinwerfer suchte auch die Umgebung unseres Wegs ab. Der Strahl irrlichterte von Baum zu Baum und von Busch zu Busch, um das aufzuspüren, was die anderen Scheinwerfer übersehen hatten. Der zweite Strahl war fest auf die Stock-9er bei den Bänken gerichtet. Sie standen alle da, die Hände über den Augen, um sich gegen das grelle Licht zu schützen, und beobachteten den Pick-up.

Es war unmöglich zu sagen, ob die in dem Auto die Leute waren, von denen Castro gemeint hatte, sie würden uns suchen – die, die seiner Ansicht nach zu dem Messertypen und dem mit der Pistole gehörten. Auch die Tatsache, dass sie offenbar wussten, wo wir waren, in etwa zumindest, bedeutete noch nicht unbedingt was. Natürlich konnte uns jemand gesehen und ihnen einen Tipp gegeben haben, aber bei so vielen rivalisierenden

Gangs in der Gegend und dem gebrochenen Waffenstillstand jagte inzwischen wahrscheinlich überall in der Stadt jeder jeden. Doch wer immer diese Männer waren und wen immer sie suchten: Wir mussten mit dem Schlimmsten rechnen und alles tun, um nicht entdeckt zu werden, was vor allem hieß, uns absolut still zu verhalten, uns so klein wie nur möglich zu machen und zu hoffen, dass die Büsche dicht genug waren, um uns vor den Scheinwerfern zu schützen. Je näher sie kamen – der Zeitlupenschwenk der stechend weißen Strahlen bewegte sich jetzt von rechts auf uns zu –, desto klarer wurde mir: Das Einzige, was das grelle Licht vollständig blockierte, waren die Baumstämme. Alles andere – Büsche, Sträucher, Hecken – ließ zumindest ein wenig Licht durch.

Castro hatte das auch bemerkt.

Wir schauten beide zu dem am nächsten stehenden Baum. Er war nicht weit weg, nur ein paar Meter rechts von uns, doch es war schon zu spät. Die Scheinwerfer des Pick-ups trafen gerade den Baum und in den nächsten Sekunden würden sie über die Büsche streifen, hinter denen wir uns versteckten.

Ich schaute zu Castro. Im Licht des sich nähernden Strahls konnte ich ihn ziemlich deutlich sehen – tief geduckt am Boden, Kopf nach unten gedrückt, Kapuze hochgezogen … kein Muskel rührte sich.

Dann passierten zwei Dinge gleichzeitig. Die Scheinwerfer trafen uns, durchfluteten die Büsche, als wenn die Äste und Zweige überhaupt nicht existierten, und ich hörte den scharfen Knall eines Schusses. Sofort schwenkten die Strahlen von uns weg und ein Schwall von Schreien brach los.

Wir robbten uns vor, um durch die Büsche zu spähen, und genau in dem Moment kam ein zweiter Schuss, fast gleichzeitig mit einem dritten, und diesmal sah ich die Mündungsfeuer. Der erste Schuss war von den Bänken gekommen, der zweite vom Pick-up. Inzwischen hatte der Pick-up gewendet und schaute mit der Motorhaube in Richtung der Bänke, sämtliche Scheinwerfer auf die Stock-9er-Gruppe gerichtet. Sie schrien und brüllten gegen die Männer auf dem Pick-up an, stießen mit den Fingern in deren Richtung und überschütteten sie mit höhnischen Sprüchen und Flüchen. Einer von ihnen schwang eine Waffe. Ich erkannte ihn: ein Typ namens Dice, 16 Jahre alt. Ich hatte ihn mal wegen sexueller Nötigung verhaftet, doch das Opfer hatte die Anzeige zurückgezogen, und es gab nicht genügend Beweise, um ihn anzuklagen. Er schien unglaublich stolz auf seine Waffe – er posierte mit ihr wie ein Kind mit seiner Spielzeugpistole und zielte nach Gangster-Art auf den Pick-up –, doch bisher hatte er nicht noch mal geschossen. Auch vom Pick-up kamen keine Schüsse mehr, und ich fragte mich, ob der Konflikt, wenn man das hier überhaupt so nennen konnte, schon wieder vorbei war – ein paar Schüsse in die Luft, keiner verletzt, Ehre auf beiden Seiten etwa gleichmäßig verteilt. Doch dann bewegte sich der Truck wieder, und sofort wurde klar, dass überhaupt nichts vorbei war. Er steuerte genau auf die Bänke zu – Scheinwerfer aufgedreht, mit dröhnendem Motor – und gab dann Gas. Anfangs hielten die Stock-9er noch

ihre Stellung – winkten den Pick-up heran, prahlten weiter, zeigten den Männern im Wagen, dass sie Mumm
hatten und vor niemandem wegrannten. Doch je näher
der Pick-up herankam – inzwischen so richtig mit
Tempo –, desto mehr begriffen sie: Das hier war keine
Abschreckungstaktik. Der Pick-up würde nicht in letzter
Sekunde abdrehen und in die Nacht davonfahren. Und
für eine Schießerei im Vorbeifahren war er viel zu
schnell. Es gab also nur eine Möglichkeit – der Pick-up
würde voll in sie reinkrachen. Und in dieser Situation
die Stellung zu halten war weder tapfer noch heroisch,
sondern einfach nur selbstmörderisch.

Zwei von den Älteren aus der Gruppe rannten als
Erste los und das brachte auch alle andern auf Trab. Die
ersten beiden trennten sich, der eine rannte in Richtung
Tor, während der andere nach rechts in das Dunkel der
Grünanlage flüchtete. Der Rest der Gruppe machte es
den beiden nach – die eine Hälfte rannte zum Tor und
die andere jagte davon Richtung Dunkelheit, alle so
schnell sie nur konnten …

Alle bis auf einen.

Dice hatte sich nicht gerührt. Er stand immer noch bei
den Bänken und schaute dem näher kommenden Pick-
up entgegen. Doch er posierte jetzt nicht mit der Pistole.
Irgendwas stimmte damit nicht – wahrscheinlich blockierte sie – und Dice versuchte in Panik, das Teil wieder
in Gang zu kriegen. An der Art, wie er auf die Pistole
einschlug und an ihr herumzerrte, war klar, dass er nicht
wusste, was er tun sollte, und als er verzweifelt wieder
zu dem Pick-up aufsah, ahnte er, dass es zu spät war.

Der Pick-up war da, direkt vor ihm, drei Tonnen dröhnender Stahl krachten mit vollem Tempo in ihn hinein.

Das Geräusch des Aufpralls war überraschend dumpf – nicht viel mehr als ein schwerer Schlag –, aber das machte es nur umso abscheulicher. Dice flog hoch, in die Luft geschleudert wie eine Katze, und als er in einem verdrehten Knäuel wieder zu Boden krachte, war er zwanzig Meter von dem Punkt entfernt, wo ihn der Pick-up getroffen hatte. Er regte sich nicht, und so wie er dalag – alle Glieder gebrochen und seine Gestalt völlig verkrümmt –, war klar, dass er entweder tot oder mindestens schwer verletzt sein musste.

Der Pick-up hatte nicht angehalten oder zumindest gebremst, und zuerst dachte ich, er würde weiterfahren Richtung Tor oder in die Dunkelheit der Anlage, um die fliehenden Stock-9er zu jagen. Aber dann bremste er mit voller Kraft, die Räder blockierten und er hielt schlitternd an. Er wartete einen Moment – der Motor im Leerlauf, Auspuffgase und Staub vermengten sich im Scheinwerferlicht –, dann wurde er wieder lebendig und setzte mit Vollgas zurück. Der Motor heulte auf, als der Fahrer den Pick-up zurück zu dem zusammengesackten Körper lenkte.

Es blieb keine Zeit, mich zu fragen, was das sollte. Der Pick-up war nicht mehr weit von Dice entfernt und selbst im Rückwärtsgang schnell genug, ihn zu erreichen, bevor ich auch nur einen Gedanken fassen konnte. So sah ich nur fassungslos und erstarrt dabei zu, wie der Wagen Dice' Körper überrollte.

Es war abscheulich, das mitzuerleben – wie der Pick-up über den Jungen holperte und polterte, wie dessen Körper leblos zuckte, sich halb drehte und wieder zurückfiel …

Und das war immer noch nicht das Ende.

Der Pick-up fuhr noch ein paar Meter weiter, dann hielt er an, stand da – jetzt mit der Schnauze in Richtung des Körpers, während die Scheinwerferbatterie die traurige Szene erhellte. Das Etwas, das einmal ein Junge namens Dice gewesen war, war jetzt nur noch ein Klumpen am Boden. Der Pick-up fuhr wieder an, rollte jetzt vorwärts und ich beobachtete mit einem seltsamen Gefühl von Müdigkeit, wie er auf den Körper zufuhr und neben ihm anhielt. Die Beifahrertür ging auf und ein Mann stieg aus. Baseball-Kappe, Kapuze, Steppjacke, Gesichtstuch. Er blieb stehen, sah sich kurz um, zog dann die Pistole und schoss Dice in den Kopf. Während er seelenruhig wieder einstieg, beugte sich eine der Gestalten hinten über die Bordwand, hielt das Handy hinaus und fotografierte den Leichnam.

Ich spürte eine Taubheit in meinem Herzen, während ich zusah, wie der Pick-up wieder losfuhr und sich über den Hauptweg entfernte. Ich beobachtete, wie er nach rechts abbog und im Dunkel der Grünanlage verschwand, und verfolgte mit freudloser Erleichterung, wie der rote Schein der Rücklichter von der Schwärze der Nacht verschluckt wurde.

»Bist du okay?«, hörte ich Castro fragen.

Seine Stimme schien von oben zu kommen, und erst als ich mich umdrehte, merkte ich, dass er aufrecht dastand. Ich fragte mich, wie lange wohl schon und wie er es geschafft hatte, sich aufzurichten, ohne dass ich etwas merkte … und im nächsten Moment fragte ich mich, wieso mich die Frage eigentlich beschäftigte.

Ich versuchte aufzustehen, doch meine Knie waren so steif vom Hocken hinter den Büschen, dass ich dachte, ich würde meine Beine nicht wieder gerade kriegen.

»Hier«, sagte Castro und reichte mir seine Hand.

Ich nahm sie – es war mir egal, ob es Gründe gab, das besser nicht zu tun – und ließ mir helfen, auf die Beine zu kommen.

Eine Weile standen wir beide nur da und schauten die Clapham Common entlang. Alles war jetzt leer. Niemand mehr auf dem Hauptweg, niemand mehr auf den Bänken, keine Scheinwerfer mehr in der Dunkelheit. Kein Pickup. Keine Stock-9er. Nur ein Klumpen am Boden.

»Weißt du, wer die waren?«, fragte ich Castro.

»Die im Pick-up?«

»Ja.«

Er schüttelte den Kopf.

»Glaubst du, dass es die waren, von denen du meintest, sie würden uns suchen?«

»Kann sein.«

»Aber wieso sind sie auf die Stock-9-Leute los, wenn sie *uns* wollten?«

»Geht ums Prestige. Du kannst dich nicht angreifen lassen und nicht zurückschlagen.«

»Könnte man schon, wenn man ein bisschen mehr Grips im Hirn hätte.«

»Es ist keine vernunftgesteuerte Welt.«

»Es ist krank, einfach krank«, sagte ich und starrte

innerlich leer auf die Leiche von Dice. »Es geht immer um die gleiche bescheuerte Sache, wieder und immer wieder – Geschäfte mit Menschen, Töten um des Tötens willen ... und wofür das alles?«

Castro zuckte mit den Schultern. »So sind wir nun mal.«

»Du *musst* das doch nicht tun. Niemand zwingt dich dazu.«

»Das hab ich nicht gemeint. Ich wollte damit sagen: So sind wir Menschen nun mal – wir alle, die menschliche Rasse. Nichts von dem, was auf der Straße passiert, passiert nicht auch überall sonst. Es wird nur anders verpackt.«

Wahrscheinlich hatte er nicht unrecht, aber mir reichte es jetzt. Ich wollte nicht mehr drüber reden. Es war mir zu viel, drüber nachzudenken. Ich war zu müde. Ich wollte auch nicht mehr auf die Leiche von Dice schauen, aber irgendwie schaffte ich es nicht, den Blick abzuwenden. Sie wirkte inzwischen wie ein Teil des Bodens, als wenn sie wüsste, dass sie dort hingehörte.

»Wieso mussten sie ihm das antun?«, fragte ich leise.

»Er hat auf sie geschossen. Sie mussten –«

»Ja, ich weiß ... sie mussten zurückschlagen. Aber sie mussten nicht zweimal über ihn drüberfahren, ihn erschießen und dann noch ein Foto machen, oder?«

»Es ist eine Botschaft. Schaut, was mit euch passiert, wenn ihr den großen Macker spielt.«

»Aber wozu –?«

»Wir müssen los«, sagte er. »Die können jeden Moment zurückkommen.«

»Was ist mit Dice?«

»Was soll mit ihm sein?«

»Keine Ahnung … hab nur gedacht –«

»Gibt nichts zu denken. Er ist tot. Das ist alles. Okay?«
Ich nickte.

»Also gut«, sagte er. »Dann lass uns gehen.«

ELF

Es war ein komisches Gefühl, die Grünanlagen zu verlassen. Dort rauszukommen in eine vertrautere Welt aus Straßen, Häusern, Laternen, war zwar erleichternd, aber auf der anderen Seite – und trotz der Tatsache, dass ich den gewaltsamen Tod von zwei Menschen in der Clapham Common erlebt hatte – gab es auf den Straßen ein viel heftigeres und irgendwie realeres Gefühl von Gewalt. Wie Castro gesagt hatte: *Du gehst doch bei Sturm auch nur raus, wenn du unbedingt musst.* Und genauso fühlte es sich an: als ob wir in einen extremen Sturm getreten wären.

Zuerst mussten wir mal entscheiden, wo wir als Nächstes hinwollten und wie das zu schaffen war. Das Wie war der einfache Teil. Gehen oder fahren? Es standen jede Menge herrenlose Autos herum, viele von ihnen schon aufgebrochen. Es wäre also kein großes Problem gewesen, eines zu »borgen«. Trotzdem war es keine gute Idee. Weil es nur wenig Verkehr gab, zog jedes fahrende Auto extrem viel Aufmerksamkeit auf sich, und genau das wollten wir vermeiden. Wenn wir in eine heikle Situation gerieten, was ziemlich sicher passieren würde, waren unsere Möglichkeiten im Auto begrenzt. In einem Auto kann man nicht einfach auf dem Absatz kehrtmachen und wegrennen. Man kann sich aus den Schwierigkeiten nicht rausreden. Man kann nicht in eine Gasse verschwinden oder über eine Mauer springen, man kann sich nicht in einem Müllcontainer verstecken. In einem Auto sitzt man in der Falle und endet womöglich wie Gillard und Dunn.

Gehen war sicherer.

Und auch bei der Entscheidung, welchen Weg wir einschlagen sollten, ging es allein um die Frage, was sicherer war. Im Moment mussten wir einfach nur weiter nach Osten, und dafür konnten wir entweder das Netz aus kleinen Nebenstraßen gleich nördlich der Clapham High Street nutzen oder nach rechts gehen und der High Street selbst folgen. Es gab keine wirklich gute Entscheidung – kein Weg war sicher. Wir mussten also lediglich entscheiden, was die weniger schlechte Option war. Die Nebenstraßen würden ruhiger und leerer sein, wir würden dort also auf weniger Randalierer, Cop-Hasser oder andere Leute stoßen, die eine Gefahr darstellten. Aber zugleich würden wir in den unbelebten Straßen auch viel mehr auffallen, was es einfacher machte, uns zu entdecken. Mit der High Street war es genau umgekehrt. Selbst an einem normalen Wochenende wäre sie um diese Zeit (gegen 2 Uhr nachts) alles andere als leer, aber jetzt, da die Ausschreitungen immer noch kein bisschen nachließen und es auf der High Street genügend Läden zu plündern gab, waren dort ganze Pulks unterwegs. Wir wären also nur zwei unter vielen – weitaus weniger sichtbar, deutlich schwerer zu finden. Doch das

Problem war: Die meisten Leute dort, wenn nicht alle, waren Gang-Mitglieder, Randalierer oder Cop-Hasser …

Das hieß, welchen Weg wir auch einschlugen – Nebenstraßen oder die High Street: Unsere Chancen standen so oder so schlecht.

»Was meinst du?«, fragte ich Castro.

»Weiß nicht … und *du*?«

»High Street«, antwortete ich.

»Wieso?«

»Wieso nicht?«

»Nebenstraßen sind besser.«

»Wieso?«

Er lächelte. »Wieso nicht?«

Es war ein Lächeln aus etwas heraus, das ich kannte und gleichzeitig nicht kannte … das Lächeln aus einem unbekannten Gefühl. Es überforderte mich, es überforderte mich, davon zu wissen oder nicht zu wissen, und als wir uns in die leeren Nebenstraßen aufmachten, ließ ich es fortgleiten.

■ ■ ■

Wir kamen nicht sehr weit.

Die ersten paar Straßen führten durch eine Wohngegend – Reihenhäuser, kleine Apartmentgebäude –, und es war dort so ruhig, wie wir es erwartet hatten. Niemand unterwegs, kein Verkehr … nur das tiefe Schweigen des frühen Morgens und eine gespenstische Stille. Durch den Tumult der Ausschreitungen, der immer noch um uns herum toste, schien es, wie wenn wir im Auge eines Orkansturms wären – es war die Ruhe im Zentrum des Chaos –, und während wir weiter durch diese stillen Straßen liefen, überlegte ich, ob das Auge des Sturms wohl der sicherste Ort war, wo man sich aufhalten konnte, oder im Gegenteil der gefährlichste. Ich wusste, ich sollte es wissen, aber irgendwie fiel es mir nicht mehr ein. Wie auch immer die Antwort lautete, die Situation fühlte sich nicht sonderlich sicher an. Die Stille war beunruhigend, wie wenn man irgendwo ist, wo man auf keinen Fall sein darf.

»Ich hab ja gleich gesagt, die High Street ist besser«, meinte Castro.

Ich lächelte. »Wie wär's, wenn du dich richtig erinnerst? Das war mein Vorschlag.«

Er warf mir einen Blick zu und ich sah ein leichtes Grinsen in seinem Gesicht aufflackern, doch dann verschwand es plötzlich und er schaute schnell hoch, weil im Haus gegenüber im ersten Stock ein Licht anging. Die Vorhänge waren geschlossen. Niemand schaute aus dem Fenster. Castro konzentrierte sich wieder auf die Straße und wir gingen schweigend weiter.

■ ■ ■

Wir näherten uns einer Kreuzung, als plötzlich das Geräusch von splitterndem Glas durch die Stille brach. Das Splittern kam von einer Autowerkstatt an der Kreuzung – ein heftiger Schlag, der klirrende Schauer der Scherben, dann ein wilder Jubel und lautes Lachen. Wir blieben stehen und starrten zu der Werkstatt hinüber. Sie lag auf der linken Straßenseite, etwa fünfundzwanzig Meter von uns entfernt. Direkt daneben stand eine Laterne, in deren orangem Licht wir einen engen Vorplatz erkannten, ein paar abgestellte Autos sowie einen Ziegelsteinbau mit Eisenrollos. Dahinter befand sich wahrscheinlich die Werkstatt. Zu sehen war niemand, auch kein kaputtes Fenster. Wer immer die Typen waren, sie mussten sich auf der anderen Seite der Werkstatt aufhalten, die wir nicht einsehen konnten. Jetzt hörten wir lautes Krachen und Scheppern, beim Durchstöbern der Räume wurde offenbar alles durcheinandergeworfen. Auch Stimmen waren zu hören, aber nicht deutlich genug, um sie in all dem Lärm zu verstehen.

Ich drehte mich zu Castro um. Er war stehen geblieben, starrte zu der Werkstatt und checkte die Umgebung, wahrscheinlich auf der Suche nach einem Versteck oder Fluchtweg für uns. Doch da war nichts. Keine Vorgärten, keine Gartenmauern, keine Veranden oder Eingänge. Und als ich mich wieder zu der Autowerkstatt umdrehte, wusste ich, dass es zum Verstecken sowieso schon zu spät war. Ein zehn- oder elfjähriger Junge war auf den Vorplatz gerannt, gefolgt von einer Jugendlichen mit irrem Blick, die ihm in normalem Gehschritt folgte. Der Junge hatte eindeutig Spaß – rannte im Spiel vor dem Mädchen weg, blieb dann stehen und drehte sich zu ihr um, kam zu ihr zurück, lachte und hielt etwas hoch, eine kleine Schachtel, wedelte mit ihr und neckte das Mädchen … dann schaute er aus irgendeinem Grund plötzlich zur Seite und blickte die Straße entlang. Er erstarrte, als er uns sah, und für einen kurzen Moment erstarrte auch seine freudige Miene. Dann verschwand sie, in Sekundenschnelle ersetzt durch ein Gesicht aus

Stein. Er drehte sich wieder um und sprach mit dem Mädchen, hob den Arm und zeigte auf uns. Ihre Augen waren eingesunken und ausdruckslos, ihr Gesicht gleichzeitig leer und doch irgendwie nicht leer – kalt, gelangweilt, böse, verwirrt. Sie löste den Blick nicht von uns, als sich der Junge umdrehte und die anderen rief, die wir noch immer nicht sahen. Und sie drehte sich auch nicht um, als die andern auf den Vorplatz kamen. Die Neuankömmlinge waren zu sechst, was alles in allem acht ergab. Acht Augenpaare bohrten sich in uns. Die Gruppe kam jetzt auf uns zu – über den Vorplatz, auf die Straße ... ohne Eile fürs Erste, nur um zu schauen und abzuwarten, was wir vorhatten. Ich spürte mehr, wie sich Castro rührte, als dass ich es sah, und im nächsten Moment hatte er die Pistole in den Händen und richtete sie auf die sich nähernden Gang-Kids. Sie blieben stehen. Einige traten voller Angst ein paar Schritte zurück, doch die andern standen weiter da und starrten uns böse an. Anscheinend wussten sie ganz genau, dass Castro die Waffe nicht benutzen würde, solange sie blieben, wo sie waren, doch wenn sie näher kämen, würde er sie einen nach dem andern abknallen.

Dann wich er zurück.

»Bleib hinter mir«, sagte er zu mir, den Blick und die Pistole immer noch auf die Gruppe der Jugendlichen gerichtet. »Sag Bescheid, wenn du sonst jemanden siehst, und pass auf, dass ich nicht hinfalle.«

Ich tat, was er sagte – ging langsam voraus und führte ihn die Straße zurück, während ich gleichzeitig nach weiteren Bedrohungen Ausschau hielt.

»Wie weit noch bis zu dem Durchgang?«, fragte er.

Wir hatten den Durchgang auf dem Hinweg gesehen – einen schmalen Weg mit hohen Backsteinmauern, der zwischen zwei Häuserreihen hindurchführte. Ich erkannte ihn jetzt, nur noch ein kurzes Stück entfernt.

»Sind gleich da«, erklärte ich Castro. »Noch zwei, drei Meter.«

Er schaute kurz über die Schulter, dann blickte er wieder nach vorn zu der Autowerkstatt und ging rückwärts weiter, ich immer noch hinter ihm, bis wir den Durchgang erreichten. Dort blieben wir stehen und Castro hielt die Gruppe weiter mit der Pistole in Schach.

»Weißt du, wo der hinführt?«, fragte ich und schaute in den Durchgang.

»Nach Süden … Richtung High Street.«

»Bist du sicher?«

»Nein.«

»Was, wenn das eine Sackgasse ist?«

»Hast du einen besseren Vorschlag?«

Natürlich hatte ich keinen.

»Die werden uns verfolgen«, sagte er. »Wir müssen rennen.«

»Okay.«

Auf dem Gehweg vor dem Durchgang lag der Lichtschein einer Straßenlaterne, doch der Durchgang selbst war nicht beleuchtet. Ich zog mein Handy heraus und schaltete wieder die Taschenlampenfunktion ein.

»Bereit?«, fragte Castro.

»Ja.«

Er ließ die Pistole sinken und wir rannten in den Durchgang hinein.

. . .

Es tat gut, zu rennen. Es machte den Kopf frei, spülte all die Gedanken und Gefühle heraus, die ich nicht verstand und über die ich nicht nachdenken wollte. Stattdessen konnte ich mich auf praktische Dinge konzentrieren – wohin lief ich, wie schnell konnte ich rennen, wie vorsichtig musste ich sein, um nicht zu stürzen oder gegen ein Hindernis zu laufen?

Der Durchgang führte uns in ein Gewirr aus engen Straßen, schmalen Gassen und weiteren Durchgängen, was für unsere Flucht vor den Gang-Kids ziemlich vorteilhaft war.

Wir wechselten so oft die Richtung – liefen einfach mal so rum, mal so rum –, dass es für die andern unmöglich war, uns zu verfolgen, und einen guten Vorsprung hatten wir ohnehin. Wenn sie unsere einzige Sorge gewesen wären, hätten wir nicht viel zu befürchten gehabt. Aber so war es nicht.

Zum einen hatten wir keine Ahnung, wo wir waren. Das ganze Zickzacklaufen hatte es nicht nur unseren Verfolgern schwer gemacht, wir hatten auch selbst jede Orientierung verloren. Einigermaßen sicher war nur, dass wir immer noch irgendwo in den Hintergassen rings um die Clapham High Street sein mussten, doch wo was lag, wussten wir nicht. Wir hatten keine Ahnung, wohin wir uns im Verhältnis zu allem anderen – High Street, Hintergassen, Clapham Common –

bewegten ... uns fehlte ganz einfach ein GPS, das uns aus diesem Labyrinth wieder rausführen würde.

Aber wahrscheinlich wäre es auch nicht viel leichter gewesen, wenn wir haarklein gewusst hätten, wo wir uns befanden. In dieser Nacht lauerten überall Probleme. Egal, ob wir uns verlaufen hatten oder nicht, wir hätten so oder so Schwierigkeiten gekriegt.

■ ■ ■

Meine Erinnerung an die drei Männer ist ziemlich verschwommen, was sicher daran liegt, dass das meiste von vornherein ziemlich verschwommen war. Wir hatten gerade aufgehört zu rennen und waren normal weitergegangen, da sprangen sie plötzlich auf uns zu. Daran erinnere ich mich noch ganz genau. Vielleicht war ich in dem Moment nicht voll auf der Höhe – außer Atem und immer noch ohne Gedanken –, trotzdem war es nicht so, dass ich gar nichts mitbekam. Aber die drei Männer tauchten urplötzlich, ohne Vorwarnung auf und von diesem Moment an setzte mein Verstand praktisch aus.

Sie traten hinter einem geparkten Lieferwagen hervor und fielen im nächsten Moment auch schon über uns her. Es kam so unerwartet und sie bewegten sich so schnell, dass ich anfangs nicht einmal wusste, dass es drei waren. Ich wusste überhaupt nichts. Es war einfach nur der totale Schock, der den ganzen Körper erfasste – brutale Hände, die mich packten, mit entsetzlich viel Kraft ... die an mir zerrten und zogen ... dann ein Schlag, ein Schuss, ein zweiter Schlag ... und alles war weg.

Keine mich packenden Hände mehr, kein Zerren, kein Ziehen … einfach nichts. Und das war's. Ein paar verschwommene Sekunden und als Nächstes weiß ich nur, dass ich wieder mit Castro zusammen rannte, schnell und energisch durch ein Wirrwarr von Straßen, blendenden Lichtern und diesem schwarzen Schleier der Nacht …

Auch die Zeit verschwamm.

Als wir schließlich bei einem brach liegenden Grundstück auf den Mob trafen, war es, als wären wir ewig gerannt, gleichzeitig kam mir die Zeit wie nichts vor. Ein wilder Haufen von etwa dreißig Mann umzingelte eine Gestalt, die eingerollt am Boden lag, und alle schienen in einem enthemmten Gewaltrausch. Sie traten, stießen, boxten … prügelten die bereits reglose Gestalt zu Tode.

Wir blieben nicht stehen. Sobald wir sahen, was los war, machten wir auf dem Absatz kehrt und rannten den Weg zurück, den wir gekommen waren, doch es dauerte nicht lange, da kam schon das nächste Problem. Wir erkannten den Pick-up beide sofort, als er am Ende der Straße um die Ecke bog. Scheinwerfer und Spotlights waren noch immer aufgeblendet und fluteten die Straße mit einem durchdringenden grellweißen Licht. Im letzten Moment fanden wir eine Möglichkeit, nicht gesehen zu werden. Wir warfen uns gegen das Tor seitlich von einem Haus und landeten in dem nächsten finsteren Durchgang. Als wir herauskamen, rannten wir weiter, durch ein nächstes Tor in einen Hinterhof, kletterten über eine Ziegelmauer, landeten auf einem

Platz aus Beton voller Unkraut mit lauter Garagen nebeneinander, dann liefen wir durch einen weiteren schmalen Durchgang, bis wir endlich auf der Clapham High Street landeten, die zu einer Trümmerlandschaft geworden war.

. . .

Wenn wir dreißig Meter weiter rechts herausgekommen wären, wär alles gut gewesen. Aber so landeten wir mitten in einem verbarrikadierten Abschnitt der Straße. Hier sah es wie auf einem urbanen Schlachtfeld aus – brennende oder ausgebrannte Häuser und Autos, Qualm in der Luft, eingeschlagene Schaufenster, kaputte Türen, die Läden selbst verwüstet, auseinandergenommen, die Straße übersät mit weggeworfener Beute – zerstörte Laptops, einzelne Schuhe, Kleider, herrenlose Supermarkt-Trolleys. Die Barrikaden an beiden Enden hatten mehr oder weniger die gleiche Bauweise – eine Mauer aus Fahrzeugen, die meisten davon auf die Seite gekippt, bildete eine Stahlbarriere von einer Straßenseite zur anderen. Die zwei Barrieren lagen vielleicht fünfzig oder sechzig Meter auseinander und in dem abgeblockten Teil dazwischen hielten sich Hunderte von Leuten auf. Viele trugen Kapuzen und hatten die Gesichter mit Tüchern und Sturmhauben vermummt, und auch wenn die Mehrheit junge Männer waren, gab es doch ein paar junge Frauen dazwischen. Manche gehörten klar und deutlich zu keiner Gang, sondern waren bloß wegen dem Nervenkitzel da, einfach zum Plündern oder nur so, weil mal endlich was los war.

Links von uns, jenseits der Barrikade, brannte ein Polizeiwagen lichterloh, Flammen und dichter schwarzer Rauch stiegen von ihm auf. Und ein Stück weiter stand quer auf dem Gehweg ein verlassener Mannschaftswagen mit platten Reifen und schwarz gesprayter Windschutzscheibe.

Was immer hier los war, es war keine gute Idee, hier zu bleiben.

Aber als wir zurückwichen, um uns im Dunkel des Durchgangs zu verstecken, hörten wir von irgendwo hinter uns plötzlich rennende Schritte und kehlige Schreie. Sie waren noch ein Stück weit entfernt, doch sie kamen eindeutig näher.

Wir konnten nicht dorthin zurück, wo wir herkamen.

Aber hierbleiben konnten wir auch nicht.

Bisher schien uns niemand entdeckt zu haben, doch je länger wir blieben, desto größer die Gefahr, dass jemand uns sah. Natürlich würden nicht alle wissen, wer wir waren, aber es brauchte nur einen, der Castro erkannte, oder einen, der mich als Cop identifizierte, oder auch nur irgendjemanden, dem unser Anblick nicht passte … dann waren wir geliefert.

Wir mussten irgendwas tun und wir mussten es jetzt tun, sofort.

Ich weiß nicht, ob wir wirklich *genau* im selben Moment die gleiche Idee hatten, doch zumindest fast.

Der Zeitungsladen gleich rechts von uns sah aus wie die meisten anderen Geschäfte – Frontscheibe eingeschlagen, Tür aus den Angeln gerissen, der Laden selbst so gut wie leer geräumt –, aber der Laden im nächsten

Haus wirkte vollkommen anders. Es war eine Buchhandlung. Keine der großen Ketten, kein Waterstones oder so, einfach ein kleiner örtlicher Buchladen. Auf den ersten Blick schien er geplündert wie alle andern Geschäfte auch – Scheibe kaputt, Schaufenster-Deko zertreten und durch die Gegend gekickt, Eingangstür aufgebrochen. Doch dahinter, im Innern der Buchhandlung, bestand der einzige sichtbare Schaden aus einer gewaltsam geöffneten Kasse und ein paar Büchern, die auf den Boden gefallen waren. Aber die Regale an den Wänden waren alle okay, die Bücher ordentlich aufgereiht, die Präsentationstische unberührt … kein Vandalismus, keine sinnlose Zerstörung …

Bücher?

He, verdammte Scheiße, wer will schon Bücher? Die sind es noch nicht mal wert, in Flammen aufzugehen.

Ich sah Castro an.

Ein Lächeln lag in seinen Augen.

Er nickte.

Wir warteten einen Moment, bis eine schwarze Rauchwolke etwas näher heranschwebte, dann glitten wir in der Hoffnung, dass niemand uns sah, durch sie hindurch und verschwanden in der Zuflucht der Buchhandlung.

ZWÖLF

Es war ein staubiges altes Gebäude mit einem Lager und Büro im ersten und einem Aufenthaltsraum mit Toilette im zweiten Stock. Die Räume waren eng, vollgestellt mit allem möglichen Kram, und auf den engen Holzstufen stapelten sich so viele Bücher, dass wir uns manchmal nur seitwärts vorbeischieben konnten. Zumindest ich. Castro war dermaßen dürr, dass er problemlos auch so vorbeikam.

Der ganze Laden wirkte ein bisschen heruntergekommen. Abgewetzte Teppiche, schmutzige Fenster, blätternde Wandfarbe. Aber für uns war er ein Geschenk des Himmels. Er hatte alles, was wir brauchten – Wände, Böden, ein Dach, Türen –, und nichts, was andere wollten. Aber es gab natürlich keine Garantie. Auch wenn Buchläden gewöhnlich nicht das Ziel von Plünderern sind, bedeutete das noch längst nicht, dass wir in Sicherheit waren. Zumal Plünderer nicht unsere einzige Sorge waren. Draußen liefen Leute herum, die nach uns suchten. Sie konnten zwar nicht wissen, wo wir uns versteckten, und es war äußerst unwahrscheinlich, dass sie einfach so einen Bücherladen durchsuchen würden, aber unmöglich war es nicht. Deshalb verbarrikadierten wir auf dem Weg vom Laden im Erdgeschoss bis in den Aufenthaltsraum ganz oben auf jedem Stockwerk die Türen. Wir nahmen, was immer wir fanden – Regale, Tische, Aktenschränke, Stühle – und stapelten alles gegen die Tür, um das Durchkommen so schwierig wie möglich zu machen. Wir brauchten eine ganze Weile und mehr Kraft, als uns lieb war, aber am Ende hatten wir es geschafft.

Und jetzt waren wir hier, in dem engen kleinen Aufenthaltsraum einer verstaubten alten Buchhandlung auf der Clapham High Street. An der einen Seite gab es einen Sitzbereich mit einem abgewetzten Sofa und ein paar alten Sesseln um einen Couchtisch. Auf der anderen Seite befand sich eine Kochnische – Spülbecken, Wasserkocher, Mikrowelle, Kühlschrank. Ich setzte mich aufs Sofa und Castro durchsuchte den Küchenbereich nach etwas zu essen. Der Strom war abgestellt, mein Handy war also auch diesmal die einzige Lichtquelle. Ich hatte es auf einem Stapel Zeitschriften deponiert, der auf dem Couchtisch lag. Neben den Zeitschriften stand ein Festnetztelefon. Es war so ein altes Teil, total fleckig und fettig. Während ich mich hinsetzte und mir den Hörer ans Ohr hielt, spürte ich kurz das rauschhafte Gefühl absoluter Gewissheit, dass ich diesmal den Wählton hören würde. Und als dann doch nur ein Schweigen kam, das sich anfühlte, als ob es schon ewig da wäre, wusste ich, ich hatte nie etwas anderes erwartet.

Im Zimmer war es still. Die Geräusche von der Straße her waren nicht sonderlich laut. Es lag nur ein konstantes dunkles Brummen in der Luft, das zeigte, wie viel unten passierte – Stimmengewirr, Autos, die bewegt wurden, das gelegentliche Rumpeln und Krachen von brennenden Häusern, die in sich zusammenfielen. Aber es gab eine Distanz zu diesen Geräuschen und die Entfernung blieb immer gleich, was das Wichtigste war. Das fühlte sich irgendwie sicher an – die Geräusche wurden nicht lauter, kamen nicht näher –, und es ließ mich glauben, was da unten auf der Straße passierte, hätte nichts mit uns zu tun.

Castro kam jetzt mit zwei Bechern und einer Literflasche Wasser aus der Kochnische. Er setzte sich in einen Sessel mir gegenüber, füllte die beiden Becher aus der Flasche und stellte einen vor mich auf den Tisch. Dann griff er in seine Taschen und holte zwei Äpfel heraus.

»Mehr hab ich nicht gefunden«, sagte er und schob einen über die Tischplatte.

»Ich mag keine Äpfel«, erwiderte ich.

»Du musst ihn nicht mögen. Iss ihn einfach.«

»Du klingst wie meine Mutter.«

Ich sagte den Satz so dahin, es war eine von diesen lässigen Bemerkungen, die man gedankenlos ausspricht, doch für den Bruchteil einer Sekunde glaubte ich eine Spur von etwas in Castros Augen zu sehen. Es war, als hätte der Spruch eine empfindliche Stelle bei ihm berührt. Aber das war gleich wieder vorbei. Und als er in den Apfel biss und sich zwanglos im Zimmer umschaute, sagte ich mir: Vergiss es.

»Was ist mit den drei Männern passiert, die uns angegriffen haben?«, fragte ich ihn.

Er zog irritiert die Stirn kraus. »Du meinst danach?«

Ich schüttelte den Kopf. »Ich bin irgendwie ein bisschen benebelt gewesen bei diesem Überfall. Das war alles irgendwie … keine Ahnung. Ich weiß einfach nicht, was passiert ist …« Ich unterbrach den Satz, weil der Widerhall von etwas zu mir zurückkehrte – ein Schlag, ein Schuss, ein zweiter Schlag. »Hast du einen von denen erschossen?«, fragte ich.

Er nickte. »Zwei haben uns gepackt, der dritte hat zugeschaut. Zwei von ihnen hab ich die Pistole in den Schädel gerammt, auf den dritten hab ich geschossen.«

»Hast du ihn getötet?«

Er zuckte mit den Schultern. »Hab nicht nachgeschaut.«

»Was ist mit den andern beiden?«

Er schwieg einen Moment und sah mich an. »Du weißt schon, was sie mit dir gemacht hätten, oder?«

Ich nickte und schaute weg, unfähig, seinem Blick standzuhalten. Ja, ich wusste, was sie mit mir gemacht hätten … ich wusste es besser, als er sich vorstellen konnte. Und ich wollte nicht mehr dran denken. Zum einen, weil es zu schwer war, aber auch, weil ich nicht zulassen wollte, dass er in mir etwas anderes sah als eine Polizistin. Für ihn musste ich DC Ray sein, nichts sonst. Mein Leben, meine Wahrheit, gehörte nur mir.

Plötzlich drang ein dumpfer Schlag von der Straße herauf. Er war laut, aber nicht ohrenbetäubend, und auch wenn Castro aufstand und zum Fenster ging, um nachzusehen, schien er nicht allzu besorgt. Ich wartete, bis er das Fenster erreichte, dann beugte ich mich vor und schaltete die Taschenlampenfunktion im Handy aus. In das Fenster war ein Rollo eingelassen. Castro öffnete einen Spalt an der Seite und spähte auf die Straße. Er blieb eine Weile stehen, verschob den Spalt ab und zu und bewegte die Hand, um besser sehen zu können, dann ließ er das Rollo los und trat zurück. Ich schaltete die Taschenlampe wieder ein und er kehrte zu seinem Sessel zurück.

»Was war das?«

»Nichts Offensichtliches … Wahrscheinlich ist eine Wand zusammengebrochen oder so. Jedenfalls scheint sich da unten keiner groß drum zu kümmern, egal, was es war.«

»Kennst du welche von denen?«

»Ja, ein paar.«

Ich wartete, dass er weiterredete, aber er schwieg. Und es war klar, dass er auch nicht noch mal anfangen würde.

»Was, glaubst du, läuft da unten?«, fragte ich.

»Du bist die Kommissarin«, antwortete er. »Sag du's mir.«

• • •

Wenn die Barrikaden vor allem dazu dienten, die Polizei draußen zu halten – das würde das Einsatzfahrzeug und den gepanzerten Mannschaftswagen erklären –, musste die Polizei meiner Einschätzung nach einen bestimmten Grund zum Stürmen gehabt haben. Ich war mir ziemlich sicher, dass es nicht um einen normalen Einsatz gegen den Krawall und die Plünderungen ging. Die Menge hinter den Barrikaden wirkte relativ ruhig. Es gab hier nicht mehr Grund zum Einschreiten als irgendwo sonst. Deshalb vermutete ich, dass zuvor etwas Einschneidenderes passiert war. Es musste einen bestimmten Vorfall als Auslöser gegeben haben, irgendein Verbrechen während des Aufstands, das wesentlich mehr gewesen war als eine simple Störung der öffentlichen Ordnung – Mord, Vergewaltigung oder ein tätlicher Angriff auf einen Polizisten. Und was immer es war, es musste vor den Augen der Polizei geschehen sein oder zumindest so in der Nähe, dass es sich nicht übersehen ließ. Und als der oder die Verdächtigen flohen, hatten die Polizisten vor Ort die Verfolgung aufgenommen. Dann waren sie wahrscheinlich in einen Mob von Randalierern geraten und angegriffen worden, sie hatten Unterstützung gerufen, weitere Polizisten waren aufgetaucht, daraufhin weitere Randalierer … und das Ganze hatte sich immer weiter hochgeschaukelt, war außer Kontrolle geraten und hatte zu diesem Belagerungszustand geführt. Der oder die Verdächtigen versteckten sich entweder noch irgendwo innerhalb der Barrikaden oder waren längst fort, waren getürmt durch das Wirrwarr an Durchgängen und Hintergassen in der Umgebung. Für mich sah es so aus, als ob die Polizei mit dem Versuch, die Barrikaden zu durchbrechen, gescheitert war und sich zurückgezogen hatte, um sich neu zu formieren und/oder auf Verstärkung zu warten.

Das jedenfalls wollte ich glauben. Die Polizei würde zurückkommen und es erneut versuchen, und wenn sie kamen … *falls* sie kamen …

Ich wusste, dass sie wahrscheinlich nicht kommen würden.

Es bestand keine realistische Chance.

Und selbst wenn sie doch auftauchen würden, welche Aussicht hätte ich dann, auch nur halbwegs in ihre Nähe zu kommen, ganz zu schweigen davon, sie dazu zu bringen, mir zu helfen? Nein ... das würde nicht passieren. Vergiss es. Im Augenblick gab es nur das hier – diesen Moment, diesen Ort ... diesen Jungen.

Das war alles.

Ich griff nach dem Becher Wasser, trank und stellte ihn wieder zurück. Ich nahm den Apfel, schaute ihn an, studierte ihn, legte ihn wieder weg. Ich warf einen Blick über den Tisch zu Castro. Er starrte gedankenverloren auf die Platte.

»Wie heißt du eigentlich wirklich?«, fragte ich.

Er blinzelte und schaute zu mir hoch. »Was?«

»Wie du wirklich heißt? Dein echter Name.«

»Ich versteh nicht, was du meinst.«

»Doch, du verstehst es ganz genau.«

»Ich heiß Castro.«

»Ja?«

»Ja.«

»Das ist dein echter Name?«

»Ja.«

»Vor- oder Nachname?«

»Was?«

»Ist Castro dein Vor- oder Nachname?«

»Einfach mein Name.«

Er schien das absolut ernst zu meinen, doch ich kaufte es ihm nicht ab. Er lebte ja vielleicht in einer anderen Welt als der Rest der Menschheit, in der andere

Regeln galten, und es war gut möglich, dass er nicht besonders lange zur Schule gegangen war, wenn überhaupt. Doch er war nicht so weit vom Rest der Welt abgekoppelt, dass er wirklich nicht wusste, wovon ich sprach.

»Welcher Name steht auf deiner Geburtsurkunde?«, fragte ich.

»Hab keine.«

»Du musst eine haben. Jeder hat eine Geburtsurkunde.«

Er zuckte mit den Schultern. »Wenn es eine gibt, hab ich sie nie gesehen.«

»Wer hat dich großgezogen?«

»Darauf muss ich dir nicht antworten –«

»Ich verhör dich doch nicht. Ich red nur mit dir. Wenn du willst, dass ich den Mund halte, sag's mir.«

Er sagte es nicht, sondern saß nur da und starrte mich ein paar Sekunden lang an. »Niemand hat mich großgezogen. Ich hab mich selbst großgezogen.«

»Gut ... aber es muss doch *irgendjemanden* gegeben haben, wenigstens als du klein warst. Mutter, Vater ... Betreuer, Pflegeeltern –«

»Ist ohne Bedeutung.«

»Was ist ohne Bedeutung?«

»Egal ... einfach alles. Nichts hat Bedeutung.«

»In welcher Hinsicht?«

»In jeder.«

»Was soll das jetzt heißen?«

»Das ist mein Leben, okay? Das ist alles, was ich hab. Ist nicht besser oder schlechter als irgendein anderes.«

»Woher willst du das wissen? Du kennst doch gar nichts anderes.«

»Was gibt es denn sonst? Ist doch alles das Gleiche, wenn du mal drüber nachdenkst – du wachst morgens auf, tust irgendwas, und wenn du am Ende des Tages noch lebst, gehst du schlafen. Dann wachst du morgens auf und fängst wieder von vorn an.«

»Und das ist alles? Das ist es, was wir alle tun – aufwachen, Dinge tun, schlafen gehen? Das ist deine Vorstellung von Leben?«

»Wieso? Das ist einfach so.«

»Nein, ist es nicht. Du kannst doch nicht einfach sagen, wir ›tun irgendwas‹, als ob völlig egal wär, was es ist. Das, was wir tun – das ist entscheidend.«

»Es geht darum, am Leben zu bleiben, und fertig. Du tust, was du tun musst. Das sollte dir eigentlich klar sein.«

»Wie meinst du das?«

»Du hast zu den CTK gehört, bevor du aus der Cane Town weg bist, stimmt's?«

»Hä?«

»Soweit ich gehört hab, hast du früher die ganze Zeit mit den Gang-Kids rumgehangen.«

»Klar hab ich das. Jeder hat mit ihnen rumgehangen. War nicht anders als heute auch – du bist entweder für die CTK oder gegen sie. Und wenn du gegen sie bist, kannst du dein Leben vergessen.«

»Gibt aber verschiedene Arten, dazuzugehören. Es muss keiner aktiv dabei sein.«

»Ich war nie aktiv dabei.«

»Hab ich auch nicht gesagt. Aber du hättest es sein *können*.«

»Ich hätte auch im Lotto gewinnen können –«

»Ich hab gemeint, wenn du geblieben wärst, wenn du damals nicht aus der Cane Town weggegangen wärst ... dann hättst du so sein können wie ich.«

»Bin ich aber nicht.«

»Ich weiß, aber –«

»Und wenn, dann wär ich trotzdem nicht so geworden wie du.«

»Warum nicht?«

»Ich hab nicht das Zeug dazu.«

»Das Zeug wozu?«

»So ein Leben zu führen ... ich könnte das einfach nicht.«

»Das Gang-Leben?«

»Ja.«

»Mein Leben?«

Ich nickte. »Ich könnte mich selbst nicht ertragen, wenn ich so leben müsste wie du.«

»Doch, könntest du. So anders bist du nicht. Du glaubst, du wärst völlig anders als ich, aber –«

»Ich weiß, dass ich völlig anders bin.«

»Was ist es denn, das uns so verschieden macht? Ich meine, was bist du, was ich nicht bin?«

»Zuerst einmal bin ich eine gesetzestreue Bürgerin.«

»Und was bin ich? Ein Wilder? Ein Barbar?«

»Du lebst außerhalb der Gesetze.«

»Ich lebe außerhalb *deiner* Gesetze. Genau wie du außerhalb von meinen lebst.«

»Nein«, sagte ich kopfschüttelnd. »Gesetz ist Gesetz. Du kannst dir nicht einfach deine eigenen Regeln erfinden –«

»Klar kann ich das. Alle Gesetze sind erfunden. Deshalb unterscheiden sie sich von Ort zu Ort. Ich könnte etwas in diesem Land tun, das absolut legal ist, aber wenn ich es in einem andern Land tun würde, könnt ich dafür im Gefängnis landen. Was richtig oder falsch ist, ist Ansichtssache.«

»Ist Drogenhandel richtig oder falsch?«

»Was?«

»Was ist deine *Ansicht* zum Drogenhandel? Findest du den richtig oder falsch?«

Er zuckte mit den Schultern. »Ist ein Geschäft. Richtig oder falsch hat damit nichts zu tun. Aber das ist nicht –«

»Was ist mit den vielen Leben, die von Drogen zerstört werden?«

»Das ist albern. Du kannst nicht einfach –«

»Ist es richtig, Gewalt einzusetzen, um zu bekommen, was du willst?«

Er seufzte. »Ich spiel dieses Spiel nicht mit. Ist zwecklos.«

»*Du* hast die Frage gestellt.«

»Welche Frage?«

»Was ist es, das uns so verschieden macht? Was bist du, was ich nicht bin?«

Er schüttelte den Kopf. »Lass es gut sein. Du weißt nicht genug –«

»Du bist ein Verbrecher«, stellte ich nüchtern fest. »Du verletzt Menschen. Du tötest sie.«

Auf einmal sah er mich auf eine Art an, die mich glauben ließ, er wolle mir etwas sagen, wisse jedoch nicht, ob er es tun dürfe … tun *solle*. Ich hatte keine Ahnung, was es sein könnte. Aber ich merkte, wie er sich dagegen entschied. Etwas Ungesehenes entfernte sich aus seinem Gesicht. Und es hinterließ in mir eine unerklärliche Trauer.

DREIZEHN

Die Toilette war genauso schäbig wie der ganze Rest. Auch wenn sie nicht direkt schmutzig war, fühlte sie sich irgendwie unsauber an, und an allem klebte eine feuchte und stickige Kühle wie ein schlechter Geruch. Als ich vor dem Waschbecken stand und mich zum Spiegel vorbeugte, um erneut meine Kopfwunde zu untersuchen, fühlte ich mich plötzlich in die Toilette der Imbissbude zurückversetzt. Es war nicht einfach eine Erinnerung, sondern so, als ob ich tatsächlich dort wäre. Aber gleichzeitig war ich auch hier. Und wir beide – das Ich aus der Imbissbude und das Ich aus dem Buchladen – waren ein und dieselbe Person. Auch unser Gesicht im Spiegel hatte dasselbe unbekannte Gefühl, dasselbe Empfinden von etwas, das eine Bedeutung hatte, aber sofort wieder weg war, bevor wir es fassen konnten.

• • •

Als ich von der Toilette zurückkam, stand Castro wieder am Fenster und schaute hinab auf die Straße.

»Irgendwas los?«, fragte ich auf dem Weg zum Sofa.

»Seh jedenfalls nichts.«

»Irgendwas von der Polizei?«

»Gerade eben hat ein Hubschrauber über der Gegend gekreist, ist aber nicht besonders nah rangekommen.«

»Die befürchten wohl, dass sie beschossen werden.«

Er nickte.

Ich blieb vor dem Sofa stehen und starrte mit leerem Blick zu Boden. Auch wenn ich akzeptiert hatte, dass die Polizei so bald nicht zurückkommen würde, war trotzdem eine leise Hoffnung geblieben, ich könnte mich irren und jeden Moment würden Hunderte Cops die Barrikaden überwinden und den Straßenabschnitt stürmen … aber auch das war jetzt vorbei. Die Polizei würde keinen Generalangriff riskieren, wenn zu befürchten war, dass es da unten Waffen gab. Das Letzte, was sie gebrauchen konnte, war eine riesige Auseinandersetzung mit Schusswaffen mitten auf der Clapham High Street.

Ich setzte mich.

Niedergedrückt …

Ich schaute zu Castro hinüber. Er stand noch am Fenster und beobachtete die Straße. Ich konnte die Pistole hinten in seiner Jeans nicht wirklich sehen – sie war von seinem Hoodie bedeckt –, doch ich wusste, sie war da. Und mir war klar, dass das keine große Sache für ihn war. Er war es gewohnt, eine Waffe zu tragen. Genauso, wie er gewohnt war, eine zu benutzen.

»Wie fühlt sich das an?«, fragte ich ihn.

»Wie fühlt sich was an?«

»Jemanden zu töten … jemandem in den Kopf zu schießen … was ist das für ein Gefühl?«

Er drehte sich vom Fenster weg und sah mich an. »Ich

hab Vidious nicht umgebracht. Das hab ich dir schon gesagt.«

»Okay. Aber mal angenommen –«

»Ich hab's nicht getan.«

»Aber *wenn* du's getan hättest ... ich meine, nur einfach mal angenommen. Was glaubst du, wie du dich fühlen würdest?«

»Nur einfach mal angenommen?«

»Ja.«

Er sah mich finster an, dann kam er rüber und setzte sich mir gegenüber. »Wieso ist es falsch, jemanden zu töten?«, fragte er.

»Was meinst du damit?«

»Was macht es verkehrt?«

»Du nimmst einem andern das Leben.«

»Ja und?«

»Ist nicht deine Aufgabe, Leben zu nehmen.«

»Aber irgendwann wird er doch sowieso sterben. Also nimmst du ihm bloß eine mögliche Zukunft, die – wenn du mal drüber nachdenkst – überhaupt nicht existiert. Und wenn sie nicht existiert –«

»Du laberst nur.«

»Was soll ich denn sonst tun? Dir ein Bild malen?«

Ich seufzte und wünschte, ich hätte das Thema erst gar nicht angesprochen. »Es gibt keine Rechtfertigung für Mord«, sagte ich müde. »So einfach ist das.«

»Was ist mit Selbstverteidigung?«

»Das ist nicht Mord.«

»Was ist mit dem Töten feindlicher Soldaten im Krieg?«

»Das ist was anderes.«

143

»Warum? Wieso ist es okay, einen vollkommen Fremden zu töten, nur weil er eine andere Uniform trägt?«

»So einfach ist das nicht –«

»Was, wenn du die Mutter von einer Zwölfjährigen wärst und du rausfinden würdest, dass deine Tochter unter Drogen gesetzt und vergewaltigt wurde?«

Ich öffnete den Mund, um etwas zu sagen, doch es kam nichts heraus.

»Und wenn du wüsstest, wer der Typ war«, fuhr Castro fort. »Und sogar wüsstest, wo er wohnt, würdest du dann hingehen und ihn mit einem Küchenmesser erstechen?«

· · ·

Ich wusste, genau das war passiert. Sein Name war Monk. Ich erinnere mich an Momente … kleine Details – seine groben Hände, den Goldring an seinem Finger, den Gestank aus seinem Mund … wie vergammeltes Fleisch. Aber das meiste ist nicht mehr da. Ich kann mich so wenig dran erinnern wie an Dinge, die nie passiert sind. Heute weiß ich, dass er mir so etwas wie Rohypnol oder GHB gegeben haben muss – etwas, das mich nicht nur außer Gefecht setzte, sondern mir auch jede Erinnerung an das nahm, was mir dann passiert war. Auf mein Verhältnis zu allem Späteren konnten die Drogen allerdings keinen Einfluss gehabt haben, und trotzdem war das, was meine Mutter getan hat – und alles, was daraus folgte –, in mir völlig verschwommen. Ich glaube, das lag zum einen an ihrer Weigerung, drüber zu reden, zum andern aber auch daran, dass ich das meiste selbst abblockte. Ich will nicht wissen, was sie getan hat. Ich will nicht darüber nachdenken. Ich will das nicht in meinem Kopf haben.

. . .

»Wie viel weißt du darüber?«, fragte ich Castro und meine Stimme war so kalt wie mein Herz.

»Das meiste, nehm ich an.«

»Wie hast du's rausgefunden?«

»Du weißt doch, wie das läuft – die Leute reden, du hörst Dinge …«

Ich starrte ihn an, auf einmal voller Hass. Es gab keinen vernünftigen Grund dafür, doch das war mir egal. Vernunft hatte hier keinen Platz. Ich hasste ihn, weil ich es musste.

»Niemanden hat es gekümmert, dass deine Mutter Monk umgebracht hat«, sagte er. »Der Kerl hatte es verdient. Wenn *sie* es damals nicht getan hätte, hätte es irgendwann jemand anderes getan. Es war ein gerechter Mord. Keiner in der Siedlung hatte ein Problem damit. Was die Leute gegen deine Mutter aufgebracht hat, war die Art, wie es kaschiert wurde. Wenn sie's den CTK überlassen hätte, wär alles erledigt gewesen. Keine Leiche, kein Verbrechen, keine Polizei.«

»Und ich wär immer noch in der Cane Town.«

»Wahrscheinlich.«

»Und ich wär kein Cop.«

Er nickte. »Was hast du von Gene Israel gehalten?«

DI Gene Israel war für die Morduntersuchung im Fall Monk zuständig gewesen.

»Was ich von ihm *gehalten* habe?«

»Ja … fandst du ihn okay?«

»Ich weiß nicht … ich hab nur wenige Male mit ihm gesprochen. Meine Mutter hat mich so weit wie möglich aus der Sache rausgehalten. Sie hat nur immer gesagt: Mach dir keine Sorgen, alles wird gut.«

»Was hast du gedacht, als du kapiert hast, dass ihr die Cane Town verlasst und in eine Wohnung in Beacon Fields zieht? Wusstest du, dass das Israel arrangiert hat?«

»Nein.«

»Wusstest du, wieso er vertuschte, was deine Mutter getan hatte?«

»Ich wusste gar nichts.«

»Weißt du es heute?«

»Nein.«

»Willst du es wissen?«

Ich schüttelte den Kopf. »Meine Mutter hat getan, was sie tun musste. Mehr muss ich nicht wissen.«

Er warf mir einen langen bösen Blick zu, seine Augen suchten meine, als ob er erwarten würde, etwas in mir zu sehen, eine Art von Verstehen. Doch ich verstand überhaupt nichts. Mein Kopf war zu müde und angeschlagen.

Castro hielt noch für einen Moment meinen Blick fest, dann stand er ohne ein weiteres Wort auf und ging aus dem Raum.

■ ■ ■

Vor dieser Nacht hatte ich nur mit meiner Mutter je über Monk gesprochen und selbst wir beide hatten höchstens zwei oder drei kurze Gespräche darüber geführt. Wir wussten, dass Monk etwas Schlimmes mit mir gemacht hatte, wir wussten, was sie mit ihm gemacht hatte, und wir wussten, dass das alles unsere Seelen zerrüttete. Aber drüber zu reden würde auch nichts ändern. Es würde bloß alles wieder hochholen und alte Wunden aufreißen. Und was sollte das bringen? Nein, am besten, wir beerdigten das Ganze in einem tiefen Loch und vergaßen, dass es je passiert war.

. . .

Ich habe in den letzten Jahren viel beerdigt. Ich habe einen ganzen Friedhof in meinem Schädel, ein ganzes Gräberfeld des Vergessens. Die Grabsteine sind leer.

Als Castro den Raum verließ, hatte ich angenommen, er würde zur Toilette gehen. Erst später merkte ich, dass er immer noch nicht zurück war, und ich konnte mich auch nicht erinnern, wie lange er bereits weg war. Mein Bauchgefühl sagte mir, dass er inzwischen zurück sein müsste, aber es war ein ziemlich grundloses Gefühl, das keinen Sinn ergab. Warum *müsste* er zurück sein? Es gibt doch kein Limit, wie lange jemand auf dem Klo sein kann. Und soweit ich wusste, war er sowieso erst ein paar Minuten weg. Ich erhob mich aus dem Sofa, schaute zur Türöffnung und versuchte, einen klaren Kopf zu bekommen, dann gab ich es auf und ging zum Fenster hinüber.

Ich erwartete nicht, irgendwas Nützliches zu entdecken, als ich auf die Straße hinunterschaute, und natürlich gab es auch nichts. Keine Polizei, kein Anzeichen, dass irgendetwas passierte. Ein paar halbherzige Plünderer stocherten hier und da noch in den Trümmern zerstörter Geschäfte herum, doch es sah mehr wie eine beliebige Beschäftigung aus, wie etwas, mit dem sie sich die Zeit vertrieben.

Die Zeit …

Sie fühlte sich schwer und langsam an … eine Zeit, um zu schlafen.

Der Himmel war immer noch völlig dunkel – die Sonne würde erst in etwa einer Stunde aufgehen –, und ich fragte mich, wie lange es wohl brauchen würde, bis die Lage draußen wieder halbwegs normal wäre. Und in dem Moment dämmerte mir, dass meine eigene Normalität – das Leben, das ich vor dem Ganzen hier geführt hatte – nie wiederkommen würde. Dieses Leben, dieses Ich gab es nicht mehr. Die Nacht hatte mich neu geformt. Ich würde nicht mehr an denselben Platz passen. Und ich wusste nicht, was das für mich bedeutete.

Ich drehte mich vom Fenster weg und schaute wieder zur Tür. Mein Bauchgefühl hatte sich nicht verändert. Es fand immer noch, Castro müsse inzwischen zurück sein. Aber diesmal schob ich es nicht weg. Als ich mein Handy nahm und losging, um ihn zu suchen, tauchte in mir unweigerlich die Frage auf, was ich tun würde, wenn er weg war. Es schien nicht wahrscheinlich – warum sollte er mich ausgerechnet jetzt verlassen, nachdem er die ganze Zeit bei mir geblieben war? –, aber undenkbar war es nicht. Er war es gewohnt, für sich zu sein. Er war es gewohnt, mit seinen Gedanken allein zu sein und nur an sich denken zu müssen. Ich bremste ihn doch bloß.

Stand ihm im Weg, ging ihm auf die Nerven ... es war vollkommen logisch, mich zu verlassen. Aber würde er das tatsächlich tun? Würde er wirklich einfach gehen und mich hier alleine zurücklassen?

Natürlich würde er das.

Wenn er mich, aus welchem Grund auch immer, nicht mehr brauchte – und den Grund, den er mir genannt hatte, wieso er mich brauchte, hatte ich ja sowieso nie so richtig geglaubt –, würde er sicher keine Skrupel haben zu gehen. Er hätte nicht die leisesten Bedenken. Ich bedeutete ihm nichts. Niemand bedeutete ihm irgendwas. Nicht mal er selbst bedeutete ihm etwas.

Die Toilette war am anderen Ende des Flurs, und als ich drauf zuging – mir den Weg mit der Taschenlampe im Handy leuchtete –, sah ich, dass die Tür halb offenstand. Castro konnte natürlich doch drin sein, aber jede Zelle in meinem Körper sagte mir das Gegenteil. Doch ich musste trotzdem sichergehen.

Als ich die Toilette erreichte, die Tür aufzog und mit der Taschenlampe hineinleuchtete, spürte ich eine Veränderung der Luft. Es war niemand drinnen. Und es gab auch nichts, was die Veränderung in der Luft erklärt hätte. Sie fühlte sich kühl an, nach Nachtluft ... und sie musste irgendwo durch ein Fenster kommen. Aber nicht hier. Das winzige Fenster in der Toilette war zu. Ich schloss die Tür und schaute den Flur entlang. Dort gab es nur ein Fenster und auch das war zu. Dann merkte ich, dass die kühlere Luft von hinten kam – ich spürte sie im Nacken –, und als ich mich umdrehte und mit dem Handy in die Dunkelheit leuchtete, erkannte ich linkerhand eine Tür, die ich bisher nicht bemerkt hatte. Auf einem Schild an der Tür stand *Zutritt nur für Personal*. Sie war nicht abgeschlossen und stand ein Stück offen, und als ich drauf zuging, spürte ich, wie der kühle Luftzug stärker wurde.

Die Tür führte zu einem engen kaminartigen Raum mit einer steilen Holztreppe, die zu einer Luke im Dach hochging. Die Luke stand offen und gab ein Viereck vom Nachthimmel preis, der vom Schein der immer noch brennenden Stadt getönt wurde. Das dunkelorange Licht reichte, um sehen zu können. Ich schaltete die Taschenlampe aus, steckte das Handy in meine Tasche und stieg die Treppe nach oben.

· · ·

Das Dach des Gebäudes war flach, nichts weiter als eine rechteckige Fläche Beton, unterbrochen von Lüftungsanlagen und Versorgungstechnik, und das Ganze war von einer gut einen Meter hohen Mauer umgeben. Castro saß auf der Mauer an der Vorderseite des Hauses – mit dem Rücken zu mir und dem Gesicht zur Straße. Sein Kopf war nach unten gebeugt, die Hände lagen in seinem Schoß. Ich stand neben der Luke, nicht mehr als vier oder fünf Meter hinter ihm, doch er schien nicht zu merken, dass ich da war. Oder wenn, dann zeigte er es zumindest nicht. Er saß bloß da, regungslos und scheinbar blind gegenüber der Welt. Ich war mir nicht sicher, was ich machen sollte. Ich wollte ihn nicht erschrecken, indem ich ihn rief, doch wahrscheinlich war es auch keine gute Idee, mich einfach von hinten anzunähern. Aber gerade als ich das überlegte, drehte er den Kopf und schaute zu mir herüber.

»Alles okay?«, fragte er zwanglos.

Ich starrte ihn an, wütend und gleichzeitig erleichtert – wütend über seinen unbekümmerten Ton und erleichtert, dass mit ihm alles in Ordnung schien.

»Ich dachte, du wärst weg«, sagte ich, ging zu ihm rüber und versuchte, meiner Stimme nichts anmerken zu lassen.

»Weg wohin?«

»Keine Ahnung ... einfach weg. Ich wusste nicht, wo du warst.«

»Musste nachdenken.«

Ich blieb neben ihm stehen und warf einen Blick auf die Londoner Nacht. Dieser Blick war mir vertraut und gleichzeitig unvertraut. Es war die Nachtlandschaft, die ich kannte – das riesige Lichtermeer in der Dunkelheit, kurz bevor die Dämmerung einsetzt, das Lichtermeer, das sich Kilometer um Kilometer in alle Richtungen dehnt –, doch gleichzeitig hatte das Ganze etwas von einer im Krieg zerstörten Stadt, einem fernen Ort, den man nur aus den Nachrichten kennt. Überall brannte es, Gebäude lagen in Schutt und Asche, die Blaulichter der Krankenwagen zuckten durch eine rauchgeschwärzte Dunkelheit. Lichterreihen ließen die Straßenzüge erkennen, und es war nicht schwer, den Weg zum Revier in Stock Hill auszumachen. Das Gebäude selbst war nicht zu sehen – es lag ungefähr eineinhalb Kilometer entfernt, umringt von Bürogebäuden und Wohnblocks –, aber ich wusste, wo es war. Und was ich dort oder zumindest doch ganz in der Nähe sehen *konnte*, das waren ein verräterischer oranger Schein und die Rauchschwaden eines Feuers. Es musste nicht unbedingt vom Revier stammen, aber es hätte mich nicht überrascht, wenn es doch so gewesen wäre. Polizeireviere waren in dieser Nacht bestimmt überall in London zum Angriffsziel geworden. Doch ich durfte darüber nicht nachdenken. Nicht jetzt. Jetzt gab es nur das Hier und nichts sonst … nur diese Zeit, diesen Ort … diesen Jungen.

Ich sah ihn an. Er tat das, was auch ich gerade getan hatte – er starrte hinaus auf die Stadt, und als ich seinem Blick folgte, merkte ich, was er fixierte. Die fernen Wohntürme der Cape Town waren unverkennbar – eine gezackte Linie aus Betonklötzen, die sich wie Wachtürme in der Nacht abzeichneten. Wann immer ich sie sah, erinnerten sie mich daran, dass die Siedlung mein Leben lang der Ort bleiben würde, wo ich herkam. Nichts konnte daran je etwas ändern. Ich weiß nicht, ob ich die Siedlung als Heimat ansah, doch nichts anderes in meinem Leben kam so dicht heran.

Die Nachtluft war kühl – die Hitze des Tages lange vorbei – und eine leichte Brise wehte über das Dach. Ich zog den Reißverschluss an meinem Hoodie hoch und setzte die Kapuze auf.

»*Worüber* musstest du nachdenken?«, fragte ich Castro.

»Was?«

»Du hast gesagt, dass du nachdenken musstest.«

Er antwortete nicht, und während ich wartete, dass er

etwas sagte, und dabei weiter über die verwüstete Stadt blickte, wurde mir plötzlich klar, dass nicht nur die physische Zerstörung an Krieg erinnerte, sondern auch alles sonst. Krieg führende Gangs, Krieg führende Staaten ... wo ist der Unterschied? Sie kämpfen um die immer gleichen Dinge – Territorien, Macht, Ansehen, Rache. Und sie setzen alle Gewalt ein, um das zu kriegen, was sie wollen – sie töten, verstümmeln, plündern, zerstören. Der einzige Unterschied ist, dass für dein Land zu töten nicht als Verbrechen gilt, und dass Soldaten, die feindliche Soldaten umbringen, Helden genannt werden. Gang-Kids dagegen, die *ihre* Gegner umbringen, sind mordende Gangster, hirnlose Kriminelle ... so weit von Heldentum entfernt wie nur irgend möglich.

So hatte ich es noch nie betrachtet, und ich war ziemlich sicher, wenn ich noch ein bisschen weiter drüber nachdachte, würde ich merken, dass meine Überlegungen nicht standhielten. Es waren wahrscheinlich nur die wirren Gedanken eines übermüdeten Hirns.

Ich schaute zu Castro.

Gangster? Held?

Nichts davon? Beides?

»Ich wollte nicht schlecht über deine Mutter reden«, sagte Castro auf einmal.

»Ich weiß«, antwortete ich.

»Was ich bloß gemeint hab ... keine Ahnung ...«

»Sie hat getan, was sie tun musste, und du tust, was du tun musst.«

Er nickte. »Ich weiß, dass das nicht dasselbe ist. Vidious und die andern waren nicht wie Monk. So was wie er haben die nicht getan. Jedenfalls nicht, dass ich wüsste. Aber es ist auch sonst nicht zu vergleichen.«

»Was ist nicht zu vergleichen?«

»Was wir tun … wie alles ist …« Er brach ab, dachte einen Augenblick nach. »Hast du schon mal von der Camorra gehört?«

»Ist ein organisiertes Verbrechersyndikat in Italien, mit der Mafia vergleichbar.«

Er nickte wieder. »Die durchschnittliche Lebenserwartung der Jungen, die sich der Camorra anschließen, ist so kurz, dass sie ›sprechende Tote‹ genannt werden.«

»Ich weiß nicht so ganz, worauf du hinauswillst.«

»Ein kurzes Leben ist nur kurz im Vergleich zu längeren Leben. Wenn du es einfach so nimmst, spielt Zeit keine Rolle. Es ist einfach ein Leben. Es beginnt, es endet … fertig.« Er unterbrach sich wieder. »Irgendwo hab ich von einem Insekt gelesen, einer Eintagsfliege, die tatsächlich nur einen Tag lebt. Ich hab mir das zuerst gar nicht vorstellen können, verstehst du … es ging einfach nicht in meinen Kopf rein. Aber dann hab ich gemerkt, dass ein Tag nur für uns ein Tag ist. Für Eintagsfliegen ist er ein ganzes Leben.«

»Und darüber hast du hier oben nachgedacht?«, sagte ich mit einem Lächeln. »Über Eintagsfliegen und über die Mafia?«

Er lächelte zurück, doch es wirkte ein bisschen gezwungen und hielt auch nicht lange an.

»Kann ich dich was Persönliches fragen?«

»Du kannst mich fragen, was du willst. Ob ich antworten werde, sehen wir mal«, antwortete ich.

»Geht um deinen Vater.«

»Meinen *Vater*?«

»Ja …«

»Verdammt, was hat *der* mit dem Ganzen zu tun?«

»Erklär ich dir gleich. Ich muss nur –«

»Was erklärst du mir gleich? Es gibt nichts zu erklären. Ich *habe* keinen Vater.«

»Jeder Mensch hat einen Vater.«

»Du weißt genau, was ich meine. Ein Vater, den du nie kennengelernt hast, ist kein Vater, sondern bloß jemand, der deine Mum gefickt hat.«

»Hat sie dir je was über ihn erzählt?«

»Warum sollte sie?«

»Du musst dich doch gefragt haben –«

»Wieso tust du das?«

Das Schweigen sagte alles. Die Wahrheit. Ich konnte die Wahrheit spüren … ich wusste es. Ich sah sie in seinen Augen.

VIERZEHN

Hier ist, was Castro mir erzählt hat.

Er wusste nicht, wie alt er damals war – er hat sein genaues Alter nie erfahren –, doch vermutlich war er so um die sechs oder sieben gewesen. Und er wusste auch nicht, wie lange er da schon bei seiner Tante Jenna wohnte. Er war so oft in Heime gekommen und wieder raus und so oft zwischen den Verwandten seiner Mutter hin und her geschoben worden, dass das Ganze für ihn nur ein verschwommenes Gewaber ununterscheidbarer Orte und Gesichter ergab. Er sagte nicht, wieso er kein eigenes Zuhause hatte, und als ich ihn nach seiner Mutter fragte, antwortete er bloß, sie sei weggebracht worden, als er ein Baby war. Ich wollte weiterfragen – Wer hat sie weggebracht? Wo wurde sie hingebracht? Was ist aus ihr geworden? Wo ist sie jetzt? –, aber sein Blick ließ die Worte in meiner Kehle ersticken. *Nein*, hieß dieser Blick. *Lass es!*

Und ich ließ es.

Er war in Jennas Küche, als es an der Wohnungstür klingelte, erklärte er mir. Es muss gegen zehn Uhr abends gewesen sein. Er hatte den ganzen Tag nichts gegessen und bediente sich an dem, was von einer Schachtel

Kekse übrig geblieben war. Obwohl Jenna im Wohnzimmer saß, das gleich neben der Küche lag, wusste sie nicht, dass er da war. Die Verbindungstür war zu, Jenna stand unter Drogen und hatte getrunken, der Fernseher war laut gestellt. Wenn sie überhaupt einen Gedanken daran verschwendet hätte, wo er war – was sie nicht tat –, hätte sie sicher vermutet, dass er im Bett lag, so wie er es sollte. Und als sie das Wohnzimmer verließ, um die Tür zu öffnen, wusste er, dass er besser wieder in sein Zimmer gehen sollte, bevor sie zurückkam. Doch genau in dem Moment, als er nach der Klinke der Küchentür greifen wollte, ließ er die halb leere Keksschachtel fallen und der Inhalt verteilte sich auf dem Boden. Und bis er die ganzen Kekse wieder eingesammelt und die Krümel zusammengefegt hatte, war Jenna zurück im Wohnzimmer und es war jemand bei ihr. Ein Mann. Castro hörte ihn über das Gebrabbel aus dem Fernseher hinwegbrüllen, Jenna solle den Kasten ausstellen. Sie entgegnete etwas, dann verstummte das Gerät. Und im nächsten Moment hörte Castro wieder die Stimme des Mannes, und diesmal schrie er nicht.

»Verdammt, Jen«, sagte der Mann. »Es riecht nach Dope hier drinnen. Wieso machst du nicht wenigstens mal das Scheißfenster auf?«

Castro musste den Mann nicht sehen, um zu wissen, wer er war – er erkannte seine Stimme –, trotzdem warf er noch mal einen Blick und spähte durch einen Spalt zwischen Tür und Rahmen. Und da stand er, mitten im Zimmer, und zündete sich beiläufig eine Zigarette an … DCI Gene Israel.

In dem Moment war ich vor allem verwirrt. Ich hatte gedacht, Castro würde mir etwas über meinen Vater erklären oder zumindest sagen, wieso er mich nach ihm gefragt hatte. Wieso also erzählte er mir diese Geschichte vom Sich-Verstecken in der Küche bei seiner Tante, als er klein war? Was sollte das alles? Und jetzt dies ... das plötzliche Auftauchen von Gene Israel, dem Polizisten, der meiner Mutter vor so vielen Jahren geholfen hatte. (Zu diesem Zeitpunkt war er noch Detective Inspector gewesen und nicht, wie in der Geschichte von Castro, Detective *Chief* Inspector.)

Gene Israel ...?

Was hatte der mit dem Ganzen zu tun?

Ich verstand das nicht.

Doch ich sagte auch nichts. Geschichten machen am Anfang oft keinen Sinn. Manchmal muss man einfach abwarten. Und warten konnte ich. Ich hatte mein ganzes Leben lang nicht gewusst, wer mein Vater war ... da konnte ich durchaus noch ein bisschen warten. Und wenn ich es nicht rausfand – wenn es *nicht* das war, was Castro mir erklären wollte: auch egal. Es war mir nicht wichtig. Ich wusste gar nicht, ob ich es überhaupt wissen *wollte*.

»Jenna redete gleich Klartext mit Israel«, erzählte mir Castro. »Sie kam sofort auf den Punkt. Und es ging die ganze Zeit um mich – dass sie mich nicht mehr bei sich haben wolle ... dass das nicht fair sei ... dass er ihr *versprochen* habe, es wär bloß für ein paar Wochen, und jetzt sei schon mehr als ein Monat um. Sie habe ihren Teil erfüllt, sogar mehr als das. Jetzt sei jemand anderes dran.«

Castro schwieg und sah mich an. Offenbar versuchte er herauszufinden, wie ich das Ganze bisher aufnahm. Allerdings konnte er an meinem Gesicht wohl nicht viel ablesen. Ich wusste nicht, wie ich es aufnahm. Ich wusste nicht, was *es* war.

»Jedenfalls«, fuhr er schließlich fort, »ging das eine Weile so weiter – Jenna, die sagte, sie wolle mich aus ihrer Wohnung haben, Israel, der versuchte, vernünftig und ruhig zu bleiben, und meinte, er würde verstehen, wie es ihr ging, und auch alles tun, um die Situation zu klären. Aber dazu müsse sie es eben noch ein paar Tage mit mir aushalten …«

Während Castro all das erzählte, malte ich mir ihn als den sechs- oder siebenjährigen Jungen in der Küche aus – wie er durch den Spalt in der Tür spickte und mitbekam, dass Jenna und Israel über ihn sprachen, als wenn er nichts weiter wäre als ein Problem, das man lösen musste. Etwas, das es zu klären galt und das man »aushalten« musste … Das musste schon schlimm genug gewesen sein, aber dann erzählte der andere, ältere Castro, der mit mir auf dem Dach war, dass Jenna nicht nachgegeben hatte, sondern weiter auf Israel einhackte. Der hatte allmählich die Geduld verloren und sie daran erinnert, dass sie Castros Tante sei, die Schwester seiner Mutter … dass sie Familie seien … und dass Familien einander halfen …

»Er ist dein *Neffe*, verdammt«, sagte er.

»Ja, und er ist dein Scheißsohn.«

- - -

Ich hatte das nicht kommen sehen. Ich spürte es beinah körperlich, als wenn mich etwas gerammt hätte. Es versetzte mir einen Schock. Castro war Israels *Sohn*? Das war ein ziemlicher Hammer, der mich da traf. Es hing so viel an diesem Satz, es gab so viele Fragen über so viele Dinge, so vieles, was ich nicht verstand. Doch obwohl es mich in einen Schockzustand versetzte und mich ratlos zurückließ, war das gar nichts verglichen mit dem, was noch folgte. Und Castro wartete nicht damit. Kaum hatte er mich mit Jennas Enthüllung erwischt, dass Israel sein Vater sei, da ließ er auch schon die Bombe platzen, die meine Welt komplett auf den Kopf stellte.

Die Grenze war für Jenna erreicht, sagte Castro, als Israel ihr erklärte, ihm seien die Hände gebunden und er könne nichts mehr für sie tun. Der Satz war nicht abweisender als alles, was er vorher zu ihr gesagt hatte, aber aus irgendeinem Grund traf er damit einen Nerv. Und auf einmal grinste sie Israel an und sagte: »Als du deiner *Tochter* und ihrer Bitch von Mutter geholfen hast, waren dir die Hände aber nicht gebunden. Kein bisschen waren sie dir gebunden, als du für deine kleine Judy und diese mörderische Hure eine hübsche neue Wohnung in Beacon Fields besorgt hast.«

■ ■ ■

Ich konnte gar nicht alles auf einmal erfassen. Es war ganz einfach zu viel. Ich musste all das Verwirrende erst Stück für Stück sacken lassen.

Ich war Israels »kleine Judy« … ich musste es sein.

Ich war die Tochter, der er geholfen hatte …

Meine Mutter war die Bitch, die mörderische Hure …

Ich war Gene Israels Tochter.

Und wenn ich seine Tochter war und Castro sein Sohn …

Ich sah Castro an.

Und wusste Bescheid.

Ich hatte es in meinem Gesicht im Spiegel gesehen … dieses unbekannte Gefühl … dieses vage Gefühl von Erkennen. Plötzlich ergab alles Sinn. Die physische Ähnlichkeit war nicht gerade auffallend, doch die Gemeinsamkeiten waren da – die gleichen braunen Augen, das gleiche schwarze Haar, die gleiche Form des Mundes. Aber für mich war die Ähnlichkeit am auffallendsten in den weniger quantifizierbaren Eigenschaften – den Konturen unter der Haut, der Haltung, dem Sein, der Sprache unserer Gesichter …

Castro …

Mein Bruder.

Halbbruder.

Das veränderte viel.

Wenn es stimmte …

Das veränderte alles.

»Stimmt das?«, fragte ich ihn.

»Es gibt keinen Beweis, wenn du das meinst. Zumindest weiß ich von keinem.«

»*Glaubst* du, es stimmt?«

»Ich hab gehört, was Jenna gesagt hat.«

»Sie könnte es erfunden haben.«

»Dann hätt es Israel abgestritten. Hat er aber nicht.«

»Hast du mit ihm gesprochen? Hast du ihn gefragt, ob es stimmt?«

Castro schüttelte den Kopf. »Ich hätt nicht gewusst, wozu. Er wollte bis zu dem Tag nichts mit mir zu tun haben, wieso sollte sich daran etwas ändern? Und inzwischen ist er sowieso tot. Ist vor ein paar Jahren bei einem Autounfall gestorben. Jenna ist übrigens auch tot. Überdosis Heroin.«

»Das heißt, von allen, die an dem Abend dabei waren, bist du der Einzige, der noch lebt?«

»Ja.«

»Und woher weiß ich, dass du das nicht erfindest?«

»Du bist meine Schwester.« Er lächelte. »Ich würde doch meine Schwester nicht anlügen.«

»Doch, würdest du. Und außerdem bin ich nur deine Halbschwester.«

Als er so dasaß und mich anlächelte – der Junge, der Gangster, das kleine Kind in der Küche … wer immer, was immer er war –, schoss mir eine Sturzflut von Fragen durch den Kopf. Was bedeutete es, wenn wir denselben Vater hatten? Änderte es wirklich alles? Wie? Und warum? Was machte den Unterschied? Und was war mit Gene Israel? Was für ein Typ von Mann musste er gewesen sein? Was für ein Typ von Mann zeugt Kinder und will dann nichts mit ihnen zu tun haben? Oder vielleicht war es ja gar nicht seine Entscheidung gewesen … vielleicht waren es unsere Mütter, die nicht wollten, dass er Kontakt zu uns hatte. Aber was war mit uns? Mit dem, was *wir* wollten? Hatten wir kein Recht zu wissen, wer unser Vater war? Und was, wenn wir nicht seine einzigen Kinder waren? Was, wenn es da draußen noch mehr wie uns gab? Mehr Halbbrüder, mehr Halbschwestern …

Es war alles zu viel.

■ ■ ■

Inzwischen zeigte sich der erste schwache Lichtschein am Himmel, ein leichter roter Schimmer über dem Horizont. Es lag noch keine Hitze in der Luft, doch der frühe Morgen versprach sie bereits. Es würde ein weiterer heißer Tag werden. Ich konnte mir nicht vorstellen, was dieser neue Tag bringen würde. Alles war möglich. Wenn mir am Vortag jemand gesagt hätte, dass ich am nächsten Morgen vor Sonnenaufgang auf einem Dach in der Clapham High Street neben einem Jungen stehen würde, der mein Halbbruder sein konnte – und höchstwahrscheinlich war –, hätte ich das sicher nicht geglaubt. Aber hier waren wir – Castro, der immer noch auf der Mauer saß, und ich, die weiterhin neben ihm stand.

»Hast du es immer geglaubt?«, fragte ich ihn.

»Dass Israel unser Vater war?«

Ich nickte.

»Mehr oder weniger«, antwortete er. »Zuerst wusste ich natürlich nicht, was ich davon halten sollte, aber je länger ich nachdachte, desto öfter kam ich auf die immer gleiche Frage zurück. Die Frage, die ich auch dir eben gestellt hab. Wieso sollte Jenna das Ganze erfinden? Es gab keinen Grund. Sie hatte doch nichts davon. Und sie hätte gewusst, dass Israel nicht darauf anspringen würde, wenn die Geschichte ein Fake war.«

»Und wenn sie so außer sich war, dass sie nicht mehr gewusst hat, was sie sagt?«, schlug ich vor.

»Das ist vollkommen egal. Wenn die Geschichte nicht gestimmt hätte, hätte Israel sich doch dagegen gewehrt.«

»Und das hat er nicht.«

»Nein.«

»Also muss sie stimmen.«

Er zuckte mit den Schultern. »Ich sag dir nur, was ich weiß. Ist deine Sache, was du damit anfängst.«

»Und wieso erzählst du mir das erst jetzt? Ich meine, wie lange weißt du es? Doch mindestens fünf oder sechs Jahre …«

»So ungefähr.«

»Und du wusstest, wer ich bin.«

»Hab von dir gehört, ja …«

»Wieso hast du dich nicht gemeldet?«

Er zögerte, senkte den Blick. »Hab ich ziemlich oft drüber nachgedacht.«

»Aber nichts gemacht.«

»Nein …«

»Wieso nicht?«

»Keine Ahnung … ich …« Er schüttelte den Kopf. »Was weiß ich? Konnt es einfach nicht.«

»Hast du gedacht, ich würd es nicht wissen wollen?«

»Ich hab vieles gedacht.«

Ich wusste, was er meinte. Ich überlegte ja selbst viel. Und hatte viele Gefühle. Und alles kreuz und quer durcheinander – es wirbelte in meinem Kopf rum, taumelte hin und her … unmöglich, etwas davon zu fassen zu kriegen, unmöglich, irgendwas zu begreifen.

»Du hast mich angelogen, als du gesagt hast, wieso du mir hilfst, nicht?«, fragte ich ihn.

Er antwortete nicht, sah mich nicht an.

»Du hilfst mir nicht, weil du mich als Zeugin brauchst, dass du Gillard und Dunn nicht umgebracht hast, sondern deshalb, weil ich deine Schwester bin.«

»*Halb*schwester«, sagte er leise.

Diesmal war ich es, die nichts darauf sagte. Ich sah ihn nur an, mit einer Eindringlichkeit, wie ich sie noch nie zuvor empfunden hatte. Ich wollte in ihn hineinschauen, wollte sehen, ob er genauso hin- und hergerissen und verwirrt war wie ich. Ich bildete mir ein, etwas in ihm zu erkennen, eine Art Kampf – das Gefühl, dich nach etwas zu sehnen, das du nie gehabt und bisher auch nicht vermisst hast, auch wenn du wusstest, du kannst es nicht haben … und jetzt weißt du plötzlich, du könntest es womöglich *doch* haben und wirst es sehr wohl vermissen, wenn du es nicht kriegst. Aber ich konnte nicht sicher sein, ob das, was ich sah, nicht nur die Projektion meiner eigenen verwirrten Gefühle war.

Plötzlich war Castros Stimme mit diesem hörbaren Lächeln wieder in meinem Kopf und wie er gesagt hatte: *Ja, okay … das war ich. Ich geb's zu. Ich hab dir die anonyme Nachricht geschickt,* und ich fragte mich, ob sein scherzhaftes Bekennen tatsächlich der Wahrheit entsprach und der Tipp wirklich von ihm gekommen war. Bisher hatte das überhaupt keinen Sinn gemacht – wieso sollte er wollen, dass ich wusste, wo er sich aufhielt? –, doch jetzt, nachdem ich wusste, was er von uns glaubte, egal, ob es nun stimmte oder nicht, ergab es zwar immer noch nicht viel Sinn, aber zumindest wirkte es irgendwie einleuchtender. Keine Ahnung, wieso – wieso sollte er wollen, dass seine Halbschwester wusste, wo er sich aufhielt –, und wenn er tatsächlich die Nachricht geschickt hatte, was war dann mit dem Handy passiert, das er benutzt hatte, und wo hatte er es überhaupt her? Und wie war er zu den Fotos von sich gekommen? Ich war mir ziemlich sicher: Wenn ich ernsthaft drüber nachdenken würde, fände ich bestimmt ein paar Antworten, aber irgendwie schien es mir nicht so wichtig. Und wieder wusste ich nicht, wieso. Ich wusste nur, dass es für mich okay war, es nicht zu wissen, und ich keine Notwendigkeit sah, Castro deswegen auszufragen. Wenn er wollte, dass ich es wusste, würde er es mir sagen. Aber für den Augenblick reichte es mir, es dabei zu belassen.

Schließlich sah Castro mich an, er wandte nicht einfach den Kopf, sondern schob sich Stück für Stück zu mir rum, und als er es tat, als er seine Position auf der Mauer änderte, brach plötzlich ein loses Betonteil ab. Es war ein flaches Stück, ungefähr so groß wie ein Taschenbuch, und als es über die Kante verschwand, beugte ich mich instinktiv über die Mauer und schaute ihm hinterher. Ich sah, wie es unten aufschlug, durch den Aufprall zersprang und nur knapp eine Gruppe junger Männer verfehlte, die gerade vorbeilief. Ich hörte, wie Castro sagte, ich solle den Kopf zurückziehen. Seine Stimme war scharf und eindringlich, und ich begriff sofort, was er meinte, aber da war es bereits zu spät. Die jungen

Männer hatten bereits nach oben geschaut, und jetzt zeigten ein paar von ihnen auf mich, riefen, machten alle auf mich aufmerksam, und ein paar andere liefen schon zielstrebig auf die Tür des Buchladens zu.

FÜNFZEHN

Die Zeit und Mühe, die wir in das Verbarrikadieren der Türen auf jeder Etage investiert hatten, erschien jetzt irgendwie sinnlos. Wir hatten es so gut wie nur möglich gemacht und es verschaffte uns zweifellos etwas Zeit, aber was nützte das, wenn wir nichts mit ihr anfangen konnten? Wir befanden uns auf dem Dach. Es gab keinen Fluchtweg. Die verbarrikadierten Türen verzögerten nur das Unvermeidliche.

Doch Castro wirkte nicht allzu besorgt. Genauer gesagt hatte er, als er sagte, ich solle ihm folgen, fast etwas Friedliches an sich, eine Art stiller Genugtuung, die ich bei ihm noch nie erlebt hatte.

»Wo gehen wir hin?«, fragte ich ihn.

»Nur da rüber.«

Dabei deutete er mit dem Kinn auf das rechte hintere Ende des Dachs.

»Was macht dein Kopf?«, fragte er.

»Ist okay«, antwortete ich und hob instinktiv meine Hand an die Wunde. »Ich meine, tut zwar noch ganz schön weh, aber der Schmerz pocht nicht mehr so.«

»Kein Schwindelgefühl oder so was?«

»Nein.«

»Gleichgewichtssinn ist okay?«

»Mein Gleichgewichtssinn?«

Dann stoppte er und ich blieb neben ihm stehen. Wir hatten das Ende des Dachs erreicht. Die Begrenzungsmauer war identisch mit der, die wir gerade verlassen hatten, doch der Ausblick war völlig anders. Statt zur Straße blickten wir auf die Dächer der anderen Häuser, die die Straße säumten. Die Dächer unterschieden sich alle leicht – anderer Grundriss, andere Begrenzung, andere Dachvorrichtungen –, aber alle waren flach und alle hatten ungefähr die gleiche Höhe. Die Gebäude waren Mauer an Mauer gebaut und die Reihe der Dächer erstreckte sich ziemlich weit dahin. Es war schwer zu sagen, wo die Reihe tatsächlich endete, aber sie reichte auf jeden Fall weit über die Barrikade auf dieser Seite der Straße hinaus. Ich begriff, dass das ein Ausweg war. Eine Fluchtroute. Wir konnten zwar nicht erkennen, wo sie uns hinführte, doch das konnten wir klären, wenn wir dort waren. Es gab ein viel dringlicheres Problem: Das Nachbargebäude, auf das wir blickten, war nicht mit der Buchhandlung verbunden. Zwischen den beiden Häusern lag ein schmaler Durchgang, was bedeutete, es gab auch eine entsprechende Lücke zwischen den beiden Dächern. Die Lücke war nicht sehr groß, gerade mal zwei Meter oder so, und wenn die Begrenzungsmauern nicht gewesen wären, hätte man wahrscheinlich rüberspringen können. Doch die Mauern machten das praktisch unmöglich. Was wir brauchten, war eine Art Brücke, und ich hätte mir denken können, dass Castro schon längst viel weiter war als ich.

»Ich hab mich umgeschaut, als ich raufkam«, sagte er, ging vor einer riesigen Stahlkiste in die Hocke und zog eine Holzleiter heraus. »Die ist lang genug«, fuhr er fort und trug die Leiter zu der Begrenzungsmauer hinüber. »Und sie scheint ziemlich stabil. Müsste unser Gewicht aushalten.«

»Müsste?«

Er lächelte.

Ein gedämpftes Wummern und Krachen drang jetzt aus der offenen Luke herauf, das Geräusch, das entsteht, wenn versperrte Türen demoliert werden. Ich drehte mich um, schaute zurück und fragte mich, wie viel Zeit uns noch blieb. Nach meiner Einschätzung konnte inzwischen nur noch die dritte Tür übrig sein. Und wenn sie die überwunden hatten …

Ich schaute wieder Castro an und sah, dass er die Leiter bereits über die Lücke legte. Er hatte gesagt, sie sei lang genug, und das stimmte tatsächlich. Aber nur sehr knapp. Beide Enden der Leiter lagen mit maximal fünfzehn Zentimetern auf den Maueroberkanten auf. Und auch nicht völlig eben. Die Mauer auf der anderen Seite war ein bisschen niedriger als unsere, sodass die Leiter in einem leichten Winkel nach unten verlief.

Jetzt beobachtete Castro die Luke. Das Wummern und Krachen wurde lauter und wir hörten schon das wütende Bellen garstiger Stimmen.

»Du gehst zuerst«, sagte Castro und zog die Pistole hinten aus seiner Jeans. »Wenn du Schüsse hörst, dreh dich nicht um. Geh einfach weiter.«

Ich schwieg. Es gab nichts zu sagen. Wir taten, was getan werden musste.

Ich versuchte, an nichts zu denken, als ich auf die Begrenzungsmauer stieg und dann langsam anfing, über die Leiter zu kriechen. Denk nicht nach, halt nicht an, schau nicht nach unten ... richte den Blick fest auf die Leiter und beweg dich. Ich war auf allen vieren – Hände auf den Holmen, Füße auf den Sprossen – und schob mich Sprosse um Sprosse nach vorn. Zuerst dachte ich, das schaffst du nie. Jede Zelle in meinem Körper schien mich anzuschreien: Schließ die Augen, halt dich fest und rühr dich nicht vom Fleck. Doch als ich diesen Punkt überwunden hatte – indem ich mich zwang, mich zu bewegen –, war es gar nicht mehr *so* schlimm. Die Leiter schwankte zwar ein bisschen, besonders in der Mitte, und mir war die ganze Zeit schlecht vor Angst, aber ich schaffte es ohne allzu große Probleme auf die andere Seite. Doch ich war gerade erst von der Mauer geklettert – und froh, wieder festen Boden unter den Füßen zu spüren –, als ich den hohlen Knall eines Schusses hörte. Ich drehte mich um und sah, wie Castro mit der Waffe in seinen ausgestreckten Händen dastand und auf die Luke zielte.

»Castro!«, rief ich. »Beeil dich!«

Er schaute sich um, nickte mir zu und drehte sich wieder zurück. Er wartete einen Moment, die Pistole immer noch auf die Luke gerichtet, und ich wollte schon erneut rufen, als er ein zweites Mal schoss. Ein Stück von der Luke platzte ab, wirbelte hoch, und noch bevor es zurück auf den Boden fiel, hatte sich Castro schon umgedreht und war auf die Mauer gesprungen. Er schaute noch einmal kurz über die Schulter, dann trat er von der Mauer auf die Leiter und lief darüber. Kriechen kam für ihn gar nicht infrage. Er ließ es ganz einfach aussehen, im wahrsten Sinne des Wortes wie ein Spaziergang im Park. Er brauchte nicht mehr als ein paar Sekunden. Kaum hatte er die Leiter betreten, da sprang er schon vor mir von der Mauer und wirbelte herum, um ein paar schnelle Schüsse auf eine Kapuzengestalt abzugeben, die gerade aus der Luke stieg. Ich glaube nicht, dass er traf, aber wahrscheinlich wollte er das auch gar nicht. So wie die Gestalt fast sofort wieder verschwand, quasi durch die Luke nach unten stürzte, genügte das offenbar, um sicher zu sein, dass keiner mehr hinter uns herkam, wenigstens für eine Weile. Was immer wir für sie sein mochten, das Risiko, eine Kugel in den Kopf zu kriegen, waren wir offenbar nicht wert.

Castro schaute über den Dachrand hinunter, dann nahm er die Leiter, versetzte ihr einen Stoß und kurz darauf hörten wir sie in dem Durchgang unten aufschlagen.

»Okay?«, fragte er mich.

Ich nickte, lächelte, und wir liefen los über die Dächer.

»Respekt übrigens.«

»Wofür?«

»Dass du niemanden umgebracht hast.«

SECHZEHN

Der Weg über die Dächer war relativ unkompliziert. Es gab zwar Stellen, an denen der Höhenunterschied zwischen den aneinandergrenzenden Häusern das Ganze etwas heikel machte, aber das war nichts, was uns hätte aufhalten können, und abgesehen davon war es völlig problemlos. Niemand folgte uns. Es passierte nichts Unerwünschtes. Trotzdem konnten wir uns immer noch nicht entspannen. Inzwischen ging die Sonne auf und der rote Schein breitete sich über den Morgenhimmel aus. Bei Tageslicht würden wir leichter zu sehen sein. Und auch wenn sich die Lage ein bisschen beruhigt zu haben schien und nicht mehr so viele Leute auf den Beinen waren, waren wir doch noch immer weit davon entfernt, in Sicherheit zu sein. Die Stadt brannte noch immer, die Straßen waren noch immer rechtsfreier Raum und es waren immer noch Leute unterwegs, die uns tot sehen wollten. Für sie hatte sich nichts geändert. Sie hatten weiter ihre Gründe, und ob ich die Gründe verstand, spielte noch immer keine Rolle. Wenn sie uns fanden, würden sie uns töten. So einfach war das. Und zu wissen, *wieso* sie uns umbrachten, würde uns keinen Deut weniger tot machen.

Wir redeten nicht viel auf unserem Weg über die Dächer. Ich glaube, wir waren beide froh über die Stille. Sie gab uns die Chance, mit uns allein zu sein, ein bisschen von unserem Ich zurückzugewinnen. Wir mussten hier oben nichts verstehen, wir mussten nur einen Ort finden, wo wir alles, was uns in den Wahnsinn trieb, ablegen konnten, damit es uns nicht bei dem behinderte, was wir tun mussten. Das Ende war jetzt fast in Sicht. Ein mögliches Ende zumindest. Natürlich sah ich das Polizeirevier immer noch nicht vor mir und ich wusste auch nicht, ob es brannte. Doch solange es eine Chance gab, dass das Gebäude noch stand oder ich nicht mit Sicherheit wusste, dass es zerstört war, sah ich das Revier weiter als das an, wohin ich wollte.

Ich musste dorthin.

■ ■ ■

Die Dächer endeten an einer Seitenstraße, die von der High Street abbog. Wir waren ein gutes Stück von der Barrikade entfernt, und als wir vorsichtig die Straßen unter uns checkten, war niemand zu sehen. Wir standen eine Weile da, nebeneinander, und blickten auf das, was vielleicht der letzte Abschnitt unserer Reise war – oder die letzten Abschnitte. Die Cane Town lag etwa achthundert Meter nordöstlich von Stock Hill, also ungefähr eineinhalb Kilometer von dort, wo wir waren, vielleicht auch etwas weniger.

»Was wirst du tun?«, fragte ich Castro.

Es klang ziemlich vage, aber er wusste, was ich meinte.

»Ich kann mich nicht von dir einbuchten lassen«, antwortete er.

»Wieso nicht? Du hast doch selber gesagt, dass wir nichts in der Hand haben, was dich mit dem Mord an Vidious in Verbindung bringt. Keine Beweise, keine Spuren, keine Zeugen. Nach vierundzwanzig Stunden bist du also wieder draußen.«

Er schüttelte den Kopf. »Die werden schon irgendwas finden, um mich hinter Gittern zu halten. Braucht ja nicht viel, bloß irgendwas, das ihrer Meinung nach ausreicht, um mich anzuklagen und in Untersuchungshaft zu stecken.«

»Aber wenn sie nicht mehr haben als fingierte Beweise, wird es keinen Prozess geben. Und selbst wenn –«

»Es gibt sowieso keinen Prozess, egal, was passiert. Die werden mich erledigen, während ich in Untersuchungshaft sitze.«

Dagegen konnte ich wenig vorbringen. Ich wusste, was er meinte, und ich wusste, dass es passieren konnte.

»Weißt du, wer ›die‹ sind?«, fragte ich. »Hast du irgendwelche Namen?«

Er seufzte. »Ist kompliziert …«

»Nein, ist es nicht. Entweder du weißt, wer die sind, oder du weißt es nicht.«

Keine Ahnung, ob er in dem Moment etwas hörte oder ob er sich einfach nur zufällig umschaute, jedenfalls konnte ich an der plötzlichen Fokussiertheit seines Blicks erkennen, dass er etwas entdeckt hatte. Er starrte über die Dächer zurück, und als ich seinem Blick folgte, sah ich sechs oder sieben junge Männer, die uns vom Dach über der Buchhandlung aus beobachteten. Das Haus war ziemlich weit von uns weg, aber die Männer waren klar und deutlich zu sehen, und sie wirkten nicht so, als ob sie vorhätten, uns zu folgen. Sie standen nur da und beobachteten uns, genau wie auch wir sie beobachteten.

»Was machen die?«, fragte ich. »Warten die auf was?«

»Weiß nicht … kann sein. Aber wenn, dann scheinen sie das ziemlich locker zu nehmen.«

»Vielleicht wollen sie, dass wir das denken.«

»Ja, vielleicht …« Er hatte sich abgewandt und schaute sich um … überprüfte das Dach, schaute in den Himmel, starrte auf die Straßen in der Ferne. »Wir müssen sowieso weg hier«, sagte er. »Wir können hier oben nicht bleiben.« Er schaute über die Dächer. »Da drüben ist eine Luke.«

Er wartete nicht, ob ich etwas zu sagen hatte, sondern machte sich auf den Weg. Ein paar Sekunden lang sah ich ihm hinterher und fragte mich kurz, was er wohl in seinem Innern empfand, dann folgte ich ihm.

• • •

Wir sahen niemanden auf unserem Weg durch das Gebäude. Die oberste Etage war eine unbewohnte und unmöblierte Wohnung, im ersten Stock gab es ein Sonnenstudio und im Erdgeschoss einen Bioladen. Die Wohnung und das Studio waren nicht geplündert oder zerstört, aber den Bioladen hatten sie ziemlich zerlegt – die Tür war eingetreten, die Scheiben kaputt und der Laden praktisch verwüstet. Es war auch niemand in der Nähe, als wir das Haus verließen, zumindest sahen wir keinen. Doch auch wenn in unserer unmittelbaren Umgebung alles ruhig war, sirrte der Rest der Stadt immer noch von dem Hintergrundlärm, der mir inzwischen so sehr vertraut war, dass ich ihn kaum noch wahrnahm – all die Alarmanlagen, Sirenen, Hubschrauber ... die Geräuschkulisse von Chaos und Wahnsinn ... das allgegenwärtige Brausen des Sturms.

Wir blieben in den Seitenstraßen nördlich der High Street. Dort gab es hauptsächlich Wohnhäuser und die Straßen waren ziemlich leer. Es war noch zu früh, höchstens sechs Uhr morgens. Die meisten Anwohner schliefen wahrscheinlich noch, und wer nicht schlief, blieb lieber im Haus. Wir sahen ein paar wenige Leute, die trotzdem unterwegs waren – ein Mann mittleren Alters, der etwas aus seinem Auto holte, eine ältere Frau, die ihre Katze zur Tür hereinließ, ein paar Nachbarn, die sich über einen Zaun hinweg unterhielten. Sie beobachteten uns eindeutig skeptisch – wir waren Fremde, wir gehörten nicht hierher, wahrscheinlich sahen wir auch ein bisschen ramponiert und zerschunden aus –, aber niemand hielt uns auf. Niemand sagte etwas zu uns. Entweder starrten sie uns an oder gingen eilig ins Haus und verriegelten die Tür. Es war ein merkwürdiges Gefühl. Ich wollte ihnen sagen, dass sie keine Angst haben müssten, dass ich Polizistin sei ... aber ich sah nicht, welchen Sinn das haben sollte. Ich konnte nichts für sie tun. Und es bestand immer noch die Gefahr, dass ich mein Todesurteil unterschrieb, wenn ich mich als Cop zu erkennen gab. Deshalb hielt ich den Mund und ging weiter.

Castro machte es ähnlich – Mund halten, weitergehen,

Augen aufhalten. Er war so wachsam wie immer – beobachtete, horchte, nahm alles auf –, und doch spürte ich etwas an ihm, das diesmal anders war. Ich konnte nicht genau sagen, was, doch ihn schien irgendetwas zu beschäftigen, etwas, das er nicht ganz zu fassen bekam.

»Alles okay mit dir?«, fragte ich ihn.

»Moment«, antwortete er und gab mir ein Zeichen, stehen zu bleiben.

Mit dem Finger auf den Lippen sagte er mir, ich solle still sein, dann stand er bloß da, mit geschlossenen Augen, den Kopf nach unten gebeugt, und horchte. Und es dauerte mindestens eine Minute, bis er endlich den Kopf wieder hob.

»Was ist?«, fragte ich.

»Bin mir nicht sicher … hab immer wieder das Gefühl, dass wir verfolgt werden.«

»Und werden wir verfolgt?«

»Weiß nicht. Ich meine, ist nur so ein Gefühl … ich hab nicht wirklich jemanden gesehen oder gehört.«

»Wer könnte das deiner Meinung nach sein?«

»Weiß nicht genau …«

»Und was sagt dir dein Gefühl?«

»CTK.«

Wir gingen weiter, und während wir durch die frühmorgendlichen Straßen liefen, versuchte Castro, mir sein Gefühl zu erklären.

»Niemand sonst hat einen *Grund*, uns zu folgen«, sagte er. »Wenn uns jemand töten will, kommt er uns doch nicht erst hinterher, sondern bringt uns gleich um, sobald er uns sieht.«

»Haben denn die CTK einen Grund?«

»Glaub schon … ich meine, ich kann's nicht beschwören, weil ich die Situation nicht kenne, ist aber denkbar, dass die rausfinden wollen, was ich vorhab, bevor sie entscheiden, was sie mit mir machen. Sie könnten abwarten, ob ich mit dir zusammen zur Polizei geh oder ob wir uns trennen und ich zurück in die Siedlung laufe.«

»Was werden sie tun, wenn sie glauben, dass du zur Polizei gehst?«

»Hängt von der Situation ab.«

»Verstehe«, sagte ich. »Und diese Situation … die ist nicht zufällig kompliziert?«

Er lächelte. »Die ganze Welt ist kompliziert.«

»Findest du?«

Sein Lächeln verlor sich, als er die Straße entlangschaute und merkte, wo wir waren. »Hier ist es«, sagte Castro.

■ ■ ■

Es war nichts weiter als ein kleiner gepflasterter Platz mit einem Blumenbeet und ein paar Bänken. Doch wenn wir getrennte Wege gehen wollten, war dies der Ort, wo wir in unterschiedliche Richtungen mussten. Von dem Platz gingen drei Straßen ab, die eine, die wir gerade gekommen waren, eine zweite rechts von uns und die dritte auf der anderen Seite des Platzes. Die Straße rechts von uns führte zur Cane Town, die auf der anderen Seite war der Weg Richtung Stock Hill.

Wir setzten uns auf eine der Bänke. Inzwischen war

es ein perfekter Sommermorgen – strahlend blauer Himmel, weit und breit keine Wolke … eine weiß glühende Sonne schien auf das Pflaster herab. Der Morgen passte nicht zu der rauchgeschwärzten Stadt. Der Sonnenschein hatte etwas Besseres verdient. Doch gleichzeitig lag in der schieren Unermesslichkeit und Zeitlosigkeit der Sonne, des Himmels und der verborgenen Sternenwelt dahinter etwas, das alles andere klein und unbedeutend werden ließ. Dieses ganze Gemetzel, diese ganze Zerstörung schien sie überhaupt nicht zu tangieren. Sie hatten das alles schon gesehen. Sie hatten Dinge gesehen, die tausendmal schlimmer waren, und würden all das immer wieder sehen. Das hier …? Das hier war gar nichts. Ohne größere Folgen als das kurze Ticken einer Uhr.

Ich sah Castro an. Er war immer noch unruhig – schaute sich immer noch um und horchte, sich jedes Geräuschs und jeder Bewegung bewusst.

»Irgendwas gesehen oder gehört?«, fragte ich flüsternd.

»Nein … nichts.«

»Glaubst du immer noch, dass es CTK sind?«

»Muss so sein.«

»Was denkst du, wie viele?«

»Drei oder vier wahrscheinlich.«

Ich schaute mich um, betrachtete die Umgebung des Platzes – Zäune, Mauern, Hinterhöfe, kleine Brachen. Ich schaute nicht wirklich nach etwas Konkretem, sondern versuchte eher zu erahnen, ob jemand in der Nähe war. Aber ich spürte nichts. Ich lehnte mich zurück und rieb mir die müden Augen. Mein Kopf war schwer vor Erschöpfung.

»Ich begleite dich bis zum Revier«, sagte Castro. »Aber ich geh nicht mit rein.«

»Du musst nicht mitkommen.«

»Ich will aber.«

»Wieso?«

»Willst du nicht, dass ich mitkomm?«

»Natürlich will ich. Aber was wirst du danach tun? Wo gehst du hin?«

»In die Cane Town.«

»Ist es da sicher?«

»Werd ich erst wissen, wenn ich dort bin.«

Ich sah ihn an. »Du weißt genau, dass es in der Cane Town nicht sicher für dich ist. Das hast du schon vor Tagen gewusst. Deswegen hast du dich ja versteckt.«

»So einfach ist das nicht. Ist nicht entweder das eine oder das andere – sicher oder nicht sicher, ohne irgendwas dazwischen. So funktioniert das nicht. Und eine Wahl hab ich sowieso nicht. Ich muss zurück.«

»Wieso?«

»Ist der einzige Ort, den ich habe.«

Ich schüttelte den Kopf. »Da draußen wartet eine ganze Welt –«

»Nicht auf mich.«

»Warum nicht?«

»Ich weiß nicht, wie das ist, irgendwo anders zu sein.«

»Kannst du ja lernen«, sagte ich scharf. »Du bist doch nicht dumm.«

Er sah mich einen Moment lang an, alle Gefühle hinter den Augen verborgen, dann schaute er ruhig weg, ohne ein Wort zu sagen. Ich hatte nicht barsch sein wollen, und es war auch nicht so, dass ich kein Verständnis hatte für das, was er meinte. Ich hatte kapiert. Ich wusste genau, was er meinte. Es war nur ... was weiß ich? Wahrscheinlich wollte ich bloß, dass er etwas anderes wäre, als er tatsächlich war.

»Schau«, sagte ich, »ich weiß, was passiert ist, okay? Ich weiß, dass du eine eigene Gang um dich versammelt hast und die CTK übernehmen wolltest. Und ich weiß, dass da was schieflief und die Übernahme nicht geklappt hat.«

Ich schwieg, damit er eine Chance hatte, mir zu widersprechen – zu sagen, dass ich mich irrte, dass ich keine Ahnung von diesen Dingen hätte oder dass mich das alles nichts anging ... aber er sagte gar nichts.

»Ich weiß nicht, wer die CTK jetzt führt«, fuhr ich schließlich fort, »aber wer immer es ist, er wird dich garantiert nicht mit offenen Armen empfangen, wenn du zurückkommst. Du bist eine Bedrohung für die Leute. Sie werden überall in der Siedlung verbreitet haben, dass du Vidious umgebracht hast, dass du ein Spitzel bist, ein Verräter, dass du einen Deal mit der Polizei gemacht hast. Und du weißt so gut wie ich, was sie mit dir machen, wenn du in die Cane Town zurückgehst.«

»Wir sollten los«, sagte er.

Ich starrte ihn ärgerlich an. »Ist das alles? Mehr hast du dazu nicht zu sagen?«

»Was willst du denn von mir hören?«

»Irgendwas, das Sinn macht, zum Beispiel.«

Es dauerte ein paar Sekunden, aber dann trat ein leises Lächeln in sein Gesicht. Die Erleichterung, die mich durchströmte, war so heftig, als hätte ich ihn für tot gehalten und gerade eben auf einmal doch den Ansatz von einem Herzschlag gespürt. Sein Lächeln hielt nicht lange an, doch es war echt – so rein wie nichts, was ich sonst von ihm kannte –, und als es verschwand, blieb das Echte zurück.

»Tut mir leid«, murmelte er. »Es ist nur … ich weiß nicht …«

»Schon gut«, antwortete ich. »Du musst dich nicht …«

Ich brach ab, als ich plötzlich hörte, wie dröhnend ein Auto ansprang und jemand den Motor so aufheulen ließ, dass es mir in den Ohren wehtat.

»Wir sollten wohl besser los«, sagte ich zu Castro.

»Also genau wie ich eben gesagt hab?«

»Hat nur eben keinen Sinn gemacht.«

Wir sahen uns einen Augenblick an, ohne etwas erklären zu müssen, dann standen wir auf und liefen über den Platz.

■ ■ ■

Die Aussicht, nach Stock Hill zurückzukommen, hatte mich von Anfang an begleitet und mir Halt gegeben, manchmal war sie das Einzige gewesen, was mich überhaupt noch auf den Beinen hielt. Doch jetzt war damit auf einmal die Trennung von Castro verbunden. Dass er zurück in seine Welt ging und ich in meine, wollte ich mir nicht vorstellen. Es verwirrte mich zu sehr. Als wir aufbrachen, war ich beinah froh, dass es gerade akutere

Probleme zu lösen gab. Wenn Castro recht hatte und uns eine CTK-Gruppe folgte, dann wussten sie jetzt, dass wir auf dem Weg zum Revier waren, und mussten davon ausgehen, dass Castro mit mir dort reingehen würde. Und das konnten sie unmöglich zulassen. Also würden sie irgendwo zwischen hier und dem Revier versuchen, uns davon abzuhalten. Und wenn wir uns nicht einzig und allein auf diesen Punkt konzentrierten, spielte es überhaupt keine Rolle, was geschehen oder nicht geschehen würde, wenn wir auf dem Revier ankamen, denn dann würden wir es niemals schaffen.

Die Straße, die von dem Platz wegführte, war auf beiden Seiten von Reihenhäusern gesäumt, geparkte Autos standen dicht an dicht halb auf den Gehwegen. Die Häuser hatten kleine Vorgärten, in denen meist überquellende Mülleimer standen, und es gab schmale Durchgänge, die zu den Rückseiten der Häuser führten. Jede Menge perfekte Stellen für Jäger, um uns aufzulauern. Es war nicht die Zeit für verwirrte Gedanken.

Die Straße war still.

Die Luft zur Ruhe gekommen.

Wir gingen nebeneinander, mitten auf der Fahrbahn, hielten unser Tempo konstant … wir schauten, wir horchten, waren extrem konzentriert. Immer wieder drehte Castro mitten im Laufen um und ging ein paar Schritte zurück, um sicher zu sein, dass niemand hinter uns war. Er hatte die Pistole in der Hand, hielt sie seitlich nach unten. Normalerweise hätte ich den Anblick eines Gang-Kids mit halbautomatischer Waffe erschreckend gefunden, doch im Moment beruhigte er mich ungemein.

Meine einzige Sorge war, wie wir am Leben blieben, und wenn das mit einer Pistole besser ging, dann war das eben so.

. . .

Der Erste tauchte ungefähr fünf Meter weiter vorn hinter einer Reihe von Mülltonnen auf. Er war etwa sechzehn, siebzehn, in einem weißen T-Shirt, einen Bucket-Hut auf dem Kopf, und er hätte kaum harmloser aussehen können. Er sprang nicht hinter den Mülleimern vor, sondern trat ganz langsam und vorsichtig heraus, die Hände halb erhoben, mit einem Lächeln auf dem Gesicht, das keine Sekunde wankte. Castro blieb stehen, als er ihn sah, und hob sofort die Waffe. Auch während der Junge bedächtig ein paar Schritte hinaus auf die Straße machte, hielt Castro die Pistole weiter auf ihn gerichtet.

»Hey, Castro«, rief der Junge, immer noch lächelnd. »Ich bin's … Mox. Alles klar … du kannst die Pistole wieder runternehmen –«

Die anderen beiden kamen von hinten und schlugen blitzschnell und heftig zu, bevor wir begriffen, dass Mox bloß eine Ablenkung gewesen war. Castro hätte es fast noch geschafft, aber gerade, als er sich umdrehen wollte und die Pistole mit herumschwenkte, krachte ein Stiernacken-Typ mit schwarzer Mütze in ihn hinein und rammte ihm einen Revolver in den Schädel. Castro ging zu Boden, die Pistole flog ihm aus der Hand, und ehe ich etwas tun konnte, schlang sich ein tätowierter Arm um meinen Hals, eine Faust packte mein Handgelenk und riss mir den Arm hinter dem Rücken in die Höhe. Es tat höllisch weh, als wenn mein Arm aus der Schulter gerissen würde, und der Tattoo-Typ drückte mir die Kehle so fest zu, dass ich keine Luft mehr bekam. Ich versuchte alles, was ging – treten, mit dem Ellenbogen stoßen, mich drehen und winden –, doch ein kurzer Ruck an meinem Arm genügte, um meinen Widerstand zu brechen – der plötzliche sengende Schmerz war einfach zu viel. Dann beugte er sich dicht zu mir heran und schob seinen Mund an mein Ohr.

»Das nächste Mal brech ich dir deinen verfickten Scheißarm«, sagte er in hässlichem Flüsterton.

Ich konnte nichts machen. Kriegte keine Luft. Ich spürte, wie ich ohnmächtig wurde, ins Leere glitt. Ich weiß noch, wie ich dachte: *Scheiße, war's das?*, dann war ich weg.

SIEBZEHN

Ich konnte nicht allzu lange bewusstlos gewesen sein, denn als ich wieder zu mir kam, hielt mich der mit dem tätowierten Arm immer noch fest. Um mich aufrecht zu halten, hatte er die Arme von hinten unter meine Achseln geschoben und sie mir fest um die Brust geschlungen – ich hing zusammengesackt an ihm. Meine Kehle tat weh, Arm und Schulter pochten vor Schmerz. Doch im Kopf war ich klar. Ich versuchte, mich aufzurichten und halbwegs stabil auf die Füße zu kommen. Der Tattoo-Typ zog mich hoch und lockerte den Griff, um zu sehen, ob ich allein stehen konnte. Als mir das gelang, löste er seine Arme von meinem Brustkorb, legte mir stattdessen eine schwere Hand auf die Schulter und packte so fest zu, dass ich mich nicht mehr rühren konnte.

Ich schaute zu Castro hinüber. Er war auf den Beinen, Blut strömte aus einer hässlichen Wunde seitlich am Kopf. Der Stiernacken-Typ mit der schwarzen Mütze stand hinter ihm und hielt ihn mit dem Revolver in Schach. Und der, der sich Mox nannte, schlenderte mehr oder weniger in der Mitte der Straße einher und ließ Castros Pistole beinah herablassend in der Hand baumeln. Er lächelte nicht mehr, und ohne das Lächeln wirkte er wie eine völlig andere Person. Kalt, hart, herzlos … geradezu unfähig zu lächeln. Ich sah, wie er zu mir herüberschaute, aber er ließ den Blick nur kurz auf mir ruhen, anscheinend ging es ihm nur um die Feststellung, dass ich bei Bewusstsein war. Als er wegschaute, hörte ich plötzlich Castros Stimme.

»Die warten auf einen Wagen«, rief er mir zu. »Sie wollen uns in die Cane Town –«

Weiter kam er nicht, ehe ihm der mit der schwarzen Mütze auf den Hinterkopf schlug. Castro taumelte nach vorn, wäre beinah gestürzt, konnte sich aber gerade noch halten. Während er versuchte, das Gleichgewicht wiederzufinden, und vorsichtig seinen Kopf abtastete, kam Mox zu mir rüber und hielt mir die Waffe an den Kopf, den Blick auf Castro gerichtet.

»Hast du sonst noch was zu sagen?«, fragte er ihn.

Castro schüttelte den Kopf.

Mox starrte ihn noch einen Augenblick an, dann senkte er die Waffe und trat von mir weg.

Castro wirkte am Ende – nur halb bei Bewusstsein, verletzt, er blutete heftig –, doch er hatte mir gesagt, was ich wissen musste. Sie warteten auf einen Wagen. Sie wollten uns in die Cane Town bringen. Und das durften wir nicht zulassen. Dann war es besser, hier zu sterben.

Ich sah ihn unverwandt an, hielt seinen Blick fest und zwang ihn, die Augen nicht abzuwenden. Sie ruhten weiter auf mir … sie verstanden, warteten ab. Ohne den Kopf zu bewegen, schaute ich nach unten auf meinen rechten Stiefel. Als ich wieder zu Castro hochblickte, sah er mich einfach nur weiter an, sein Gesicht verriet nichts, und ein paar lange Sekunden fürchtete ich, er hätte die Botschaft nicht verstanden. Doch dann signalisierte er es mit einem fast unmerklichen Kopfnicken.

Ich wartete nicht. Wenn ich gewartet hätte, hätte ich drüber nachgedacht. Und wenn ich drüber nachgedacht hätte, hätte ich es nie getan. Ich schloss einen Moment lang die Augen, machte den Kopf dicht für alles außer dem einen Gedanken: *Das ist es, was du tun musst*, und dann tat ich es. Ich ließ meinen Körper schlaff werden, sackte zusammen wie eine Marionette, der man die Fäden gekappt hat. Ich kam nicht weit, ehe der mit den Tattoos reagierte – mich noch fester an der Schulter packte und nach meinem Arm schnappte, um mich aufrecht zu halten. Seine schraubstockhaften Hände hielten mein Gewicht problemlos – doch genau das hatte ich erwartet. Er war jetzt leicht unachtsam, konzentrierte sich allein darauf, mich nicht ganz zusammensinken zu lassen, ich dagegen hatte mir etwas mehr Platz verschafft und konnte zuschlagen. Noch hing ich schlaff in seinen Armen, der Kopf baumelte weiter auf meiner Brust. Doch als der Tätowierte seinen Griff wieder zurechtrückte, mich hochzog und gleichzeitig an sich riss, folgte ich dem Schwung, warf meinen Kopf so fest zurück, wie ich konnte, und rammte ihn in sein Gesicht. Vor Schmerz stieß er ein tiefes Stöhnen aus, und ich spürte, wie seine Hand meine Schulter losließ. Er hielt mich noch immer in seinem Griff, die andere Hand hielt weiter meinen Arm fest, aber das war egal. Ich beugte mich zur Seite, zog das Messer von dem Kerl aus der Imbissbude aus meinem Stiefel, wirbelte herum und rammte es dem Tattoo-Typen in die Brust. Er stöhnte erneut, diesmal schwerer, und ließ meinen Arm los. Ich trat von ihm weg und sah ihn auf die Knie sinken. Mir war sofort klar, dass er nicht wieder hochkommen würde. Seine Augen waren glasig, das Leben sickerte aus ihm heraus ... das Messer musste sein Herz getroffen haben. Ich sah zu, wie er zu Boden sackte, dann schaute ich zu Castro hinüber. Er war genau in dem Augenblick herumgewirbelt und auf den Kerl mit der Mütze losgegangen, als ich meinen Angriff startete, und als mich der Tätowierte packte, hatte ich mit einem flatternden Blick gesehen, wie sich Castro auf den mit der Mütze stürzte, gerade als der seinen Revolver hob. Danach hatte ich nichts mehr mitbekommen – ich hatte meine eigenen Probleme –, aber jetzt sah ich, dass Castro ihn übermannt hatte. Der Mützentyp lag mit dem Gesicht nach unten am Boden, entweder bewusstlos oder tot. Castro hatte ihm den Revolver abgenommen, und als Mox sich auf ihn stürzen wollte, wirbelte er mit gezückter Waffe herum.

Ich denke, wir hatten beide gewusst: Selbst wenn es gelang, den Tätowierten und den mit der Mütze zu erledigen, wäre da immer noch Mox, und der würde uns so oder so besiegen. Während wir die andern zwei angriffen, musste er bloß zusehen und abwarten, was geschah. Wenn sie mit uns fertigwurden, musste er überhaupt nichts tun. Und wenn sie uns nicht schafften und wir sie außer Gefecht setzten, war das auch kein großes Problem. Dann musste er uns einfach abknallen. Und deshalb verstand ich nicht, wieso Mox kein bisschen reagierte, als der Tattoo-Typ und der mit der Mütze am Boden lagen und Castro mit dem Revolver in der Hand herumwirbelte. Warum hatte er nicht längst geschossen?

Die Antwort kam eine Minisekunde später, als ich sah, wie Mox auf mich zuschritt, die Pistole auf meinen Kopf gerichtet. Wie zuvor hielt er Castro dabei genau im Blick. Ich begriff, er wollte uns lebendig. Uns töten war einfach. Jeder könnte das. Aber wenn Mox es schaffte, uns lebendig zurück in die Cane Town zu bringen, und zwar ganz allein ... das wäre *wirklich* etwas, oder? *Das* würde so schnell niemand vergessen. Und er hatte sich schon alles genau überlegt – mich einfach am Hals packen und als Schutzschild vor sich halten, die Pistole an meinem Schädel. So würde er warten, bis der Wagen kam. Castro würde nicht riskieren, auf ihn zu schießen, erst recht nicht mit dem riesigen alten Revolver. Das hier war schließlich nicht irgendein dämlicher Actionfilm.

Wenn ich Zeit zum Überlegen gehabt hätte, wäre mir sicher die Frage gekommen, was Mox mit meinem Messer vorhatte. Er hatte gesehen, wie ich es gegen den Tätowierten benutzte, und er wusste, dass ich es immer noch hatte. Vielleicht hätte ich mir vorgestellt, dass er – sobald er dicht genug an mir dran war, also jetzt gleich – drohen würde, mich oder womöglich Castro zu erschießen, falls ich nicht sofort das Messer fallen ließ. Ich hätte mich vielleicht auch gefragt, wieso er zu glauben schien, dass ich bloß dastehen und auf ihn warten würde, und wieso er dachte, er müsse nicht groß auf mich achten ...

Aber ich hatte keine Zeit zu überlegen.

Er war jetzt nah genug an mir dran, nur noch zwei

Schritte entfernt … zu dicht für ihn, um zu verhindern, dass ich ihn packte und ihm das Messer in den Bauch rammte. Er taumelte rückwärts, wirkte eher überrascht als irgendwas sonst, und dann hörte ich einen donnernden Schuss, sein Kopf ruckte nach hinten, ein Blutnebel sprühte heraus und er sank leblos zu Boden.

· · ·

Es gibt Momente im Leben, in denen die Welt eine Wendung nimmt und du plötzlich weißt, dass nichts mehr so sein wird wie vorher.

· · ·

»Bist du okay?«, fragte Castro.

Der Revolver in seiner Hand rauchte noch, der Schießpulvergeruch hing noch in der Luft.

»Ja«, antwortete ich und blickte auf das, was ich getan hatte. Mox war tot. Der Tätowierte war tot. Und der mit der schwarzen Mütze lag immer noch da, bewusstlos, wenn nicht mehr.

»Wir mussten es tun«, sagte Castro.

»Ich weiß.«

»Entweder sie oder wir.«

»Ich weiß.«

»Wenn wir nicht –«

»Ist gut«, sagte ich. »Ich bin okay.«

»Wirklich?«

»Ja.« Ich schaute die Straße entlang. »Was denkst du, wieviel Zeit wir wohl haben, bis der Wagen hier ist?«

Er sah mich einen Augenblick an, immer noch unsicher, ob mit mir alles in Ordnung war, dann klickte auf einmal irgendwas in seinem Kopf und die Ungewissheit war schlagartig verschwunden.

»Check dein Handy«, sagte er. »Schau, ob du jetzt ein Signal hast.«

Ich griff in die Tasche und zog es heraus. »Was ist mit dem Wagen?«

»Wenn sie ihn übers Handy gerufen haben, kann er jede Sekunde hier sein.«

Ich schaute auf mein Display. Immer noch nichts.

»Dann müssen sie einen Boten geschickt haben. Einen Jungen mit Fahrrad wahrscheinlich. Sie werden ihn mit der Nachricht in die Cane Town zurückgeschickt haben, dass es losgeht, und natürlich mit ihrem Standort …« Er unterbrach sich, schaute die Straße entlang und schüttelte den Kopf. »Aber der Wagen muss nicht unbedingt aus der Cane Town kommen. Wenn sie vorher schon so etwa gewusst haben, wo wir waren, kann er auch ganz hier in der Nähe stehen … und außerdem wissen wir nicht, wann Mox den Boten losgeschickt hat.« Er schaute wieder zu mir. »Wir können nicht wissen, wann der Wagen hier ist. Besser, wir verschwinden –«

»Wie viele werden in dem Auto sitzen?«

»Was?«

»Wie viele?«

»Was macht das für einen Unterschied?«, fragte er und sah mich stirnrunzelnd an. »Das einzig Wichtige –«

»Ich kann nicht zurück.«

Er starrte mich an. »Was soll das heißen?«

»Ich kann nicht zurück aufs Revier.«

»Wieso nicht?«

»Wenn ich zurückgehe, werde ich alles sagen müssen …« Ich schaute auf die Leiche des Tätowierten. »Ich werde sagen müssen, dass ich ihn umgebracht habe und dir dabei geholfen hab, Mox zu töten –«

»Das war Selbstverteidigung, also legitim. Dafür können sie dich nicht drankriegen.«

»Aber ich werde auch von dir berichten müssen.«

»Was denn?«

»Alles.«

»Wieso?«

»Ich bin Polizistin. Wenn ich nicht die Wahrheit sage, bin ich keinen Deut besser als Gillard und Dunn.«

»Dann sag ihnen die Wahrheit. Erzähl ihnen alles, was du über mich weißt. Es wird sie nicht weiterbringen.«

»Aber wegen irgendwas werden sie dich immer drankriegen, das hast du selbst gesagt. Muss gar nichts Großes sein, nur so viel, um dich schnappen und in Untersuchungshaft stecken zu können. Und wir wissen beide, was dann mit dir passiert.«

Er nickte stumm, sah mir in die Augen und überlegte. Ich wandte den Blick ab und schaute die Straße entlang. Ich tat alles, was ich konnte, um an das zu glauben, was ich gesagt hatte, denn wenn ich es nicht glaubte, würde er es erst recht nicht tun. Aber so einfach war das nicht. Es gab viele Schichten von Wahrheit und Nicht-Wahrheit zwischen uns, die alle ineinandergriffen und miteinander verflochten waren. Und sich noch dazu ständig gegeneinander verschoben …

»Was hast du vor, wenn du nicht zurückkehrst?«, fragte Castro. »Du kannst ja schlecht einfach nach Hause gehen, oder?«

»Genauso wenig wie du.«

Er starrte mich schweigend an und seine Augen bohrten sich in meine.

Ich wartete.

Das war er.

Das war der Moment.

»In dem Wagen werden bloß ein oder zwei Leute sitzen«, sagte er plötzlich. »Kein Grund für mehr. Die fahren den Wagen ja eigentlich nur her und gehen davon aus, dass von da an Mox und die beiden andern übernehmen. So würde ich es jedenfalls machen. Gilt allerdings nur, wenn sie in einem PKW kommen. Falls sie mit einem Lieferwagen oder mit einem SUV unterwegs sind –«

»Ist ein PKW«, sagte ich und schaute die Straße entlang.

Der silberne BMW, der gerade am Ende der Straße aufgetaucht war, bewegte sich langsam, beinah in Schritttempo. Aber er war noch nicht nah genug, um zu sehen, wer drinsaß. Trotzdem wussten wir: Das war der Wagen, der uns in die Cane Town bringen sollte.

»Bist du dabei?«, fragte ich Castro.

Er nickte. »Ich nehm weiter den Revolver und du die Halbautomatik.«

Ich ging hinüber zu der Leiche von Mox, hob die Pistole auf, die ihm im Sterben aus der Hand gefallen war. Während ich sie in die Tasche von meinem Hoodie schob und zu Castro zurückkehrte, beobachtete ich, wie der BMW langsam näher kroch. Er war jetzt etwa auf halber Höhe der Straße und ich konnte vorne allmählich zwei vage, gesichtslose Gestalten erkennen – Hoodie über dem Kopf, Sturmhaube hochgezogen. Castro hatte sich inzwischen zur Mitte der Straße bewegt. Er stand nur da, schaute dem herannahenden Auto entgegen, den Blick ruhig und fest auf das Fahrzeug gerichtet. Der Revolver steckte hinten in seiner Jeans.

Ich stellte mich neben ihn und hielt wie er die Augen auf den Wagen gerichtet.

»Kannst du hinten jemanden erkennen?«, fragte ich.

Er schüttelte den Kopf. »Anscheinend sind es wirklich nur zwei.«

Ich schob meine Hände in die Hoodie-Taschen, die rechte griff nach der Pistole.

»Was ist dein Plan?«, fragte ich.

»Wir schnappen uns den Wagen.«

Ich sah ihn an. »Ist das alles? Wir schnappen uns den Wagen?«

»Sie halten an«, sagte er.

Ich schaute wieder nach vorn und beobachtete, wie der BMW zum Stehen kam, keine zehn Meter von uns entfernt. Der Motor schnurrte leise. Der Fahrer machte keine Anstalten, ihn abzustellen. Beide saßen nur da, die Gesichter verborgen, und starrten uns durch die Windschutzscheibe an. Sie mussten die drei Leichen am Boden gesehen haben, als sie auf uns zufuhren, aber jetzt schenkten sie ihnen nicht einen Blick. Keine Ahnung, wieso. Die Sturmhauben verbargen nicht nur ihre Identität, sie versteckten auch ihre Gefühle. Nur an den Augen ließ sich nicht ablesen, wie sie sich fühlten. Hatten sie Angst? Waren sie wütend? Rachsüchtig? Aufgeregt? Verwirrt? Selbstsicher?

Und was war mit mir? Wie fühlte ich mich?

Das wusste ich ebenso wenig. Ich war in einem Zustand, den ich bis jetzt nicht gekannt hatte, einem Zustand jenseits von gut oder schlecht. So etwas hatte ich noch nie empfunden.

»Bleib neben mir«, sagte Castro leise, während er weiter die beiden Männer im Wagen fixierte. »Lass sie noch nicht deine Waffe sehen.«

Wir gingen zusammen auf den Wagen zu, hielten die zwei fest im Blick, um sofort mitzubekommen, wenn sie sich rührten, egal, wie gering oder harmlos die Bewegung zu sein schien. Der am Steuer sagte etwas zu dem andern. Ich erkannte es daran, dass sich der Stoff der Sturmhaube durch die Lippenbewegungen leicht verschob. Der andere nickte bloß.

Wir gingen weiter.

Noch fünf Meter bis zu dem Wagen ...

Vier ...

Drei ...

Ich erinnerte mich an den roten Nebel ...

An die Schritte.

Zwei Meter ...

An die Stille.

Direkt vor dem Wagen blieben wir stehen. Die beiden Männer hatten sich immer noch nicht gerührt. Jetzt, wo sie so dicht vor uns waren, erkannte ich die Angst in ihren Augen. Sie hatten Angst vor Castro. Angst davor, was er ihnen womöglich antun würde. Sie wollten nicht zwei weitere Leichen auf der Straße werden.

»Hol die Pistole raus«, sagte Castro zu mir und fasste zeitgleich nach dem Revolver.

Während er die Waffe auf den Fahrer richtete, zog ich die Pistole aus der Tasche und zielte auf den Beifahrer. Beide hoben die Hände – auf Schulterhöhe, mit den Handflächen nach vorn –, sie zeigten uns, dass sie unbewaffnet seien und keine Bedrohung darstellten, dass es also keinen Grund gab, sie zu erschießen … und für den Bruchteil einer Sekunde blitzte ungewollt ein Gedanke in mir auf. Hatten Gillard und Dunn auch die Hände gehoben, bevor sie erschossen wurden?

»Raus aus dem Wagen«, rief Castro. »Und den Motor laufen lassen.«

Die beiden bewegten sich langsam und vorsichtig, öffneten mit einer Hand ihre Tür und hielten die andere weiter erhoben.

»Türen offen lassen«, sagte Castro. »Und weg von dem Wagen.«

Sie taten, was er gesagt hatte, traten von dem Wagen zurück und hielten die Hände weiter hoch.

»Das reicht«, sagte Castro.

Sie blieben stehen.

»Bewaffnet?«

Sie schüttelten den Kopf.

»Zeigen.«

Sie hoben Hoodie und Shirt und präsentierten die Taille, dann drehten sie sich um und machten das Gleiche am Rücken, um Castro zu demonstrieren, dass sie weder Pistole noch Messer dabeihatten.

»Gut«, sagte Castro und deutete die Straße zurück. »Geht los. So lange, bis ich sag, ihr sollt stehen bleiben.«

Als ich sah, wie sie die Straße entlangliefen und sich beim Gehen ängstlich umdrehten, wusste ich, dass es nur kleine Jungs waren. Ihre Schwäche, die Art, wie sie sich bewegten … alles an ihnen sagte mir, dass sie noch Jungs und keine Männer waren.

War das wichtig?

Kümmerte es mich?

Ich wusste es nicht mehr.

Ich wusste nur eins – und es war das Einzige, was mir etwas bedeutete: Ich wollte, dass Castro am Leben blieb. Und ich musste nicht wissen, warum. Es war einfach so.

»Okay«, hörte ich ihn rufen. »Stehen bleiben.«

Die beiden Jungs waren etwa zwanzig Meter gegangen.

»Nicht umdrehen«, sagte Castro. »Runter auf die Knie.«

Sie knieten.

»Hände auf den Kopf, Finger ineinander verschränkt.« Er sah zu, wie sie es taten, dann drehte er sich zu mir um. »Steig in den Wagen.«

Ich ging zur Fahrerseite des BMW und stieg ein. Castro wartete, bis ich die Tür geschlossen hatte, dann zog er sich Richtung Beifahrerseite zurück, den Revolver noch immer auf die zwei Knieenden gerichtet. An der offenen Tür blieb er noch mal einen Augenblick stehen, schaute ringsum, dann stieg er ein, zog die Tür zu und drückte eine Taste, um die Scheibe zu öffnen. Sie glitt lautlos nach unten. Er stützte den Ellenbogen der Waffenhand auf das Fenster, dann drehte er sich zu mir um und lächelte.

»Ich hab dir doch gesagt, wir schnappen uns den Wagen.«

»Ich hab auch nicht widersprochen, sondern nur gemeint, dass das kein richtiger Plan ist.«

»Hat doch aber geklappt, oder?«

»Ja …«

»Und jetzt?«

»Lass uns erst mal von hier verschwinden.«

Ich legte den Gang ein, drehte mich um, sah durch die Heckscheibe und fuhr im Rückwärtsgang die Straße entlang.

■ ■ ■

Und jetzt?

Das war die Frage. Das ist sie immer.

Und jetzt?

Auch die Antwort war die gleiche wie immer. Du machst einfach weiter. Was sollst du auch sonst tun? Du kannst nicht zurück. Du kannst nicht für immer da bleiben, wo du stehst. Du kannst nicht an einem anderen Ort oder in einer anderen Zeit sein, ohne zu tun, was du tun musst, um dort hinzukommen.

Du musst weitermachen.

Wir fuhren jetzt nach Westen, am Südrand der Clapham Common entlang. Es war gegen acht Uhr morgens. Die Sonne stand hoch am Himmel, der Sommerhimmel strahlte in leuchtendem Blau und die Straßen waren immer noch relativ leer. Hier und da brannten Feuer – Autos, Busse, Häuser, Geschäfte –, aber viele waren inzwischen ausgebrannt, die verrußten Überreste schwelten bloß noch, dünne Rauchfahnen stiegen in den Dunstschleier.

Mach weiter, sagte ich mir. Mach einfach weiter.

Und ich fuhr weiter.

Wir hatten gerade einen Straßenabschnitt durchquert, der so voll Schutt und zerstörter Autos war, dass wir uns fast im Schritttempo durchschlängeln mussten, aber jetzt konnte ich allmählich wieder Gas geben. Die Straße vor uns wirkte einigermaßen frei. Die Luft über der Fahrbahn flimmerte in der Hitze.

Ich schaute zu Castro hinüber. Er saß an die Tür gelehnt, den Kopf gegen das Fenster gestützt, die Augen geschlossen im Schlaf. Er war jetzt nicht mehr Bad Castro. Er war einfach nur ein Junge. Er war mein Bruder.

ANMERKUNG DES AUTORS

Der Schauplatz Süd-London in *Bad Castro* ist eine Mischung aus Fakt und Fiktion. Einige der genannten Orte sind real, andere basieren auf realen Orten und wieder andere sind frei erfunden.

KEVIN BROOKS:
BRISANT, SPANNEND, INTENSIV